Reinhard Federmann
Die Stimme

Die Deutsche Bibliothek – CIP-Einheitsaufnahme

Federmann, Reinhard
Die Stimme: Erzählungen / Reinhard Federmann.
– Wien: Picus Verl., 2001
ISBN 3-85452-454-4

Grafische Gestaltung: Dorothea Löcker, Wien
Druck und Verarbeitung: Druckerei Theiss GmbH, A-9400 Wolfsberg
ISBN 3-85452-454-4

Reinhard Federmann

Die Stimme

Erzählungen

Picus Verlag Wien

Inhalt

Der schielende Engel

Da sitzen sie, angeleimt, platt aufs Papier geworfen, stumm wie an jenem wolkigen Apriltag des Jahres 1930, mit eifrig verrenkten Hälsen, die Arme auf dem Rücken verschränkt. Sie alle scheinen ihren jungen Müttern zu gleichen, so weich und flaumig ist ihre Haut; die Augen sind groß und sehr treu, und viele haben Lockenköpfe wie kleine Porzellanengel aus der Gründerzeit. In ihrer Mitte steht mit schön gestutztem Schnurrbart Herr Krasnitzki, der Klassenlehrer, der uns das Lied von den faulen Drohnen gelehrt hat. Es begann so: Wir wollen nicht faule Drohnen sein ...

Ich drehe ein großes verschmutztes Photo in den Händen. Ich kann nicht viel damit anfangen. Da sitzen sie, abgeschossen und festgenagelt vom Blitzlicht. Vorn sitzt Feuer. Neben Feuer sitzt Uhl, dahinter sitzen Raspel und Gold, hinter Gold sitzt Patek, und neben Patek sitze ich. Ich schaue treuherzig drein, sehr brav, etwas tölpelhaft. Hinter mir sitzt Musil. Hinter Musil sitzt Brainin. Hinter Brainin sitzt Peterka. Er ist einer der Längsten, aber er reckt trotzdem den mageren Hals, um über Brainins großen Kopf hinwegzuschauen. Seine Ohren stehen ab. Sein Blick ist nicht besonders intelligent und ziemlich unsympathisch. Ich habe ihn anders in Erinnerung. Er war mein Freund.

Die Langen in der anderen Bankreihe sind Jirasek und Neugebauer. Vor Neugebauer sitzt Rones. Vor Rones sitzt Thaler.

Er hat den schönsten Lockenkopf von allen. Er hat einen Matrosenanzug an. Er sieht freundlich drein, mit süß gespitztem Mund. Er ist ein richtiger kleiner Engel. Er würde auffallen unter den vielen kleinen, weichen, noch nicht ausdrucksvollen Gesichtern, auch wenn er nicht schielen würde. Aber er schielt. Er schielt schrecklich.

Ich habe fast alle meine Mitschüler bald aus den Augen verloren. Den und jenen habe ich später auf der Straße gesehen.

Jirasek als Angestellten der städtischen Müllabfuhr. Uhl als Beinamputierten. Peterka soll als SS-Mann gefallen sein. Ich weiß nicht, wie viele unserer Kameraden seine Kameraden in Rauch verwandelt haben: Gold vielleicht. Oder Brainin. Oder Feuer. Oder Rones. Vielleicht hat sich der eine und der andere von ihnen nach Übersee gerettet. Ich weiß es nicht.

Ich weiß nicht, was aus Musil geworden ist, aus Patek, aus Neugebauer. Vielleicht sind sie in einem windigen Kriegsgefangenenlager verhungert, an Ruhr gestorben, im Bunker an einem Bombensplitter, auf einem Stoppelfeld an einem Bauchschuß. Vielleicht wandeln sie sorglos unter uns. Ich weiß nicht, was aus Herrn Krasnitzki geworden ist, der uns das Lied von den faulen Drohnen gelehrt hat, uns alle, all die Buben, die wie ich an einem Septembertag des Jahres 1929, als die braunen Blätter mit einem trockenen Geräusch übers Pflaster wischten, an der Hand ihrer Mütter ängstlich am Schultor erschienen, wo sie den Müttern von einem besonnenen Mann für immer aus der Hand genommen wurden. Von den meisten weiß ich nicht das geringste. Von Thaler weiß ich ein bißchen mehr.

Ich könnte nicht sagen, wie Thaler sich außerhalb des Unterrichts verhielt. Ich glaube, er sprach mit keinem von uns. Es mußte ihm ähnlich gehen wie einem Menschen, der in einer Gesellschaft von Leuten, die, einer alten und ehrwürdigen Überlieferung folgend, Nasenringe tragen, plötzlich ohne Nasering betroffen wird. In der Klasse sagte uns der Lehrer, daß Thaler sehr wißbegierig sei. Sein Vater habe sich sogar darüber beklagt. In einem fort stelle Thaler ihm Fragen: wie ein Blitzableiter funktioniert, wieviel Gehalt ein Briefträger bekommt, wieso man sich ein Auto kaufen kann, aber keine Straßenbahn. Herr Krasnitzki forderte ihn auf, seine Fragen im Unterricht zu stellen. Doch Thaler hatte keine Lust, seine Interessen in aller Öffentlichkeit auszubreiten, er hielt sich weiterhin an seinen Vater, bei dem er das sichere Gefühl hatte, daß er an der unsymmetrischen Stellung seiner Pupillen nichts Schlimmes fand; und der außerdem Zeit genug hatte, sich mit seinem Sohn zu beschäftigen, denn er war, seit ich denken kann, pensioniert.

Thalers Eltern hatten meinen Bruder und mich öfters eingeladen, ihn zu besuchen, damit er doch nicht immer ganz allein sei. So besuchten wir ihn und besichtigten die Schaukel, auf der er niemals schaukelte; die Nähmaschine, auf der seine Mutter nähte, seine schüchterne Mutter, die immer so aussah, als würde sie jeden Augenblick zu weinen anfangen; die Gummibuchstaben, aus denen er die Worte Franz Thaler zusammensetzte, zu einem Stempel, mit dem er imaginäre Briefe abstempelte. Später schrieb er sich übrigens Franz W. Thaler, um sich von seinem Vater, dem pensionierten Postrat, zu unterscheiden.

Als ich ihn wieder traf, schielte er nicht mehr. Sein Vater hatte ihn wahrscheinlich operieren lassen. Er trug eine imposante Hornbrille und maskierte sich obendrein mit einem spöttischen Grinsen (ein Gesichtsausdruck, der mir nach und nach beinahe als sein natürlicher erschien). Mit diesem Grinsen erzählte er mir, aus welchen Gymnasien er in der Zwischenzeit hinausgeworfen worden war. Auch ich hatte zweimal den Ort meiner Lerntätigkeit gewechselt, und das war ein Berührungspunkt. Wir hatten überhaupt viele Berührungspunkte, und ich stellte mit Erstaunen fest, daß der achtzehnjährige Thaler ein Mensch war, der sich mit ebensolcher Leichtigkeit über Geschichte, Literatur und Philosophie aussprach, wie er Preise von Photoapparaten, seltenen Briefmarken und Autos zitierte. Er erklärte mir auch, wie man einen Börsenbericht liest. Was sollten wir aber mit einem Börsenbericht anfangen, damals im Großdeutschen Reich, zumal uns neue Freiheitseinschränkungen bevorstanden?

Wir hatten einander nämlich bei der Musterung wieder getroffen. Kurz darauf wurden wir vom Wehrbezirkskommando zur »vormilitärischen Ausbildung« geschickt. Wir waren aber nur einmal dort, begrüßten einander ein bißchen verlegen (weil wir beide nicht ganz in dieses Milieu paßten, er mit seiner Hornbrille und ich mit meiner Hornbrille) und verschwanden durch einen Hinterausgang. Wir waren mehr für Diskussionen. Wir diskutierten Börsenmanöver und denkwürdige Verbrechen, Homer, Goethe, Judas Ischariot, wie man Photos entwickelt, die Renaissance und natürlich die Kriegslage und was aus uns werden sollte. Wir trafen einander jedesmal, wenn wir eigentlich zur vormilitärischen Ausbildung gehen sollten.

Er erzählte mir, daß er bei einem Altwarenhändler ein Bild gekauft habe; er habe es auf einem Handwagen zu einem Restaurator geführt, und nun werde er es versteigern lassen. Das war der Anfang seiner Karriere als illegaler Kunsthändler. Sie hat ihn weit geführt, meinen Freund Thaler. In jener kurzen Zeit zwischen Schule und Militär hatten wir uns rasch und oberflächlich angefreundet. Ich schleppte ihn auch zu mir und ließ ihn die Bilder begutachten, die in unserer Wohnung hingen. Er tat das mit Begeisterung und sehr gründlich. Er stieg auf seinen Stuhl und setzte ein Vergrößerungsglas an. Was er dann sagte, klang sehr fachmännisch. Später brachte ich ihn nicht mehr oft in unsere Wohnung, denn unerklärlicherweise hatte mein Vater etwas gegen ihn. Nicht, daß er böse auf ihn gewesen wäre; er lachte über ihn. Und ich wollte nicht, daß mein Vater über den gescheiten Thaler lachte.

Seine Karriere wurde bald unterbrochen. Er rückte ein. Vorher hatten wir noch eine Wette abgeschlossen, um einen doppelten Whisky. Es drehte sich darum, daß Thaler glaubte, ich müsse nicht einrücken. Ich habe die Wette gewonnen, schon vier Wochen später, aber den Whisky habe ich nie bekommen. Denn als wir einander wieder begegneten, gab es keinen. Das war 1945. Auf der zertrümmerten Straße.

Plötzlich stand er vor mir. Er war dick. Er grinste. Er sagte mir aber gleich, daß seine vollen Wangen nur Schein seien. Sie stammten teils von Wassersucht infolge Unterernährung, teils vom Kukuruz. Die Unterernährung war eine Begleiterscheinung seines wirklich schlimmen Kriegsschicksals gewesen: er sollte erschossen werden, kam aber auf ein Gnadengesuch seiner inzwischen verstorbenen Mutter mit Gefängnis davon.

Das lag nun hinter ihm. Er schien nicht viel daran zu denken. Er kannte eine Persönlichkeit, die in wichtiger Verbindung zu einer Kukuruzmühle stand. Von dort erwarb er Maismehl, das er gegen Antiquitäten verkaufte. Ein bißchen von dem Maismehl behielt er auch für sich, und damit ernährte er sich und seinen betagten Vater, den pensionierten Postrat. Nebenbei studierte er Kunstgeschichte, erstens wegen des Beschäftigungsausweises, den man damals brauchte, wenn man Reisen unternehmen wollte; und Thaler unternahm Reisen; zweitens wegen der Lebensmittel-Zusatzkarte, die man als Student erhielt; drittens, weil er seine Fachkenntnisse erweitern und Doktor werden wollte oder Professor gar. Er ist es aber nicht geworden, weil die Geschäfte gut gingen und er keine Zeit mehr fürs Studium erübrigen konnte. Was nützt auch die schönste Dissertation, wenn man nicht weiß, wie man für Bilder, Bücher und Möbel drei Eckhäuser erwerben kann? Thaler wußte das, und das war besser für ihn. Auch für mich.

Wir wurden Kompagnons auf eine sehr einfache Weise. Als ich aus dem Krieg nach Hause kam, lebten meine Eltern nicht mehr. Unsere Wohnung war aber noch da, und darin fanden sich nicht nur zerbrochene Fenster und Türen, beschädigte Möbel und Bilder, sondern auch Bücher, verstaubt und durcheinandergeworfen, aber so lesbar wie eh und je, gegen viertausend Bände, die mein Vater im Laufe vieler Jahre erworben hatte. Ich wühlte darin herum, wenn ich etwas zum Lesen suchte, ansonsten aber ließ ich alles, wie es war, und es blieb so, bis Thaler kam. Durch ihn erst erfuhr ich, daß man seinen Lebensunterhalt auf andere Weise bestreiten konnte als mit einem schäbigen Volontärsgehalt, mit dem Verkauf goldener Uhrgehäuse oder indem man mit Leintüchern aufs Land fuhr, um sie dort gegen Kartoffeln und Eier zu vertauschen. Durch ihn erfuhr ich, daß diese viertausend Bücher ein Fundus waren, dem man ungeahnte Schätze entnehmen konnte: Kaffee, Kakao, Zigaretten.

Denn bei mir verfuhr Thaler nicht so wie bei Fremden, denen er alles so billig wie möglich abnahm, mich bezahlte er mit Lebensmittelpaketen. Ich hatte nichts weiter zu tun, als ihm gewisse Bände zu überlassen, und ein paar Wochen später bekam ich von ihm ein Paket. Natürlich pflegte ich meinen Anteil sofort zu vertilgen, Thaler hingegen nährte sich fast ausschließlich von Brot, Kartoffeln und Würfelzucker. Die Zehn-Dollar-Bons, die ein New Yorker Antiquar ihm an Zahlungs Statt schickte, verwandelte er in Schokolade, Zigaretten und Margarine, verwandelte diese Güter wiederum in Bargeld, das Geld in Bücher und so fort. Auf diese Weise kam er zu Geld, ich zu der Einsicht, daß man, was von der Arbeit langer Jahre bleibt, in wenigen Monaten verprassen kann, ohne es auch nur richtig zu bemerken. Bald wurden die Verluste empfindlich, und der Schacher hatte ein Ende. Bei Thaler aber fing er erst richtig an.

Er besuchte mich oft. Ich glaube, ich war der einzige, dem er nach Herzenslust von seinen unglaublichen Geschäften erzählen konnte. Er ging so weit, mich bei seinen Transaktionen um Rat zu fragen, Rat, den ich ihm nicht geben konnte, weil die Vielfalt seiner Tätigkeiten mein Begriffsvermögen bald überstieg. Ich weiß nur, daß sich in meiner Familie mit der Zeit eine gewisse Animosität gegen ihn regte, gegen seine häufigen Besuche, die endlosen Gespräche, in die er mich Uninteressierten verwickelte, gegen seine Art, sich aus Gewohnheit bald zu sämtlichen anfallenden Mahlzeiten einzuladen – denn er lebte weiter von Würfelzucker und Kartoffeln, während sich sein Vermögen der Millionengrenze näherte, und da auch sein Organismus (wenigstens was Nahrung betraf) einer gewissen Abwechslung bedurfte, verschaffte er sich den nötigen Ausgleich bei uns.

Ein weibliches Mitglied meiner Familie ging einmal so weit, ihm hinterrücks zu wünschen, daß die drei Eckhäuser, die ihm gehörten, vor seinen Augen abgetragen werden sollten, Ziegel für Ziegel, und daß er gegen diesen Vorgang machtlos sein sollte. Frauen hatten überhaupt kaum je etwas für ihn übrig; aber auch er wollte von Frauen nie etwas wissen. Während er unsere Suppe aß, rechnete er uns vor, was eine Frau ihn allein an Lebensmitteln kosten würde, von dem sonstigen Aufwand gar nicht zu reden. Ich möchte ihm seine Motive glauben. All seine Gedanken drehten sich um Geld und Geldeswert. In der ganzen Welt sah er nur dies. Und mehr und mehr galt sein spöttisches Grinsen den Leuten, die er auf irgendeine Weise übertölpelt hatte. Ich blieb von jener Animosität nicht verschont. Wir hatten nun wirklich nichts Gemeinsames mehr, Thaler und ich. Ich interessierte mich für das nötige Geld, er für das überflüssige. Eines Tages verabschiedeten wir uns voneinander mit höflichen Worten für immer.

Neulich, in einem Kaffeehaus, das wir früher manchmal zusammen besucht hatten, hörte ich, was Thaler passiert war. Man hatte ihn der Steuerhinterziehung überführt, eingesperrt, sein Vermögen weggenommen, all das Geld, auf das sein ganzes Sinnen und Trachten gerichtet gewesen war. Er hatte darüber Essen und Trinken vergessen, hatte vergessen zu heiraten, ich glaube, er hatte nicht einmal richtig wahrgenommen, daß sein Vater gestorben war.

Er hat nicht zuschauen müssen, wie man seine Häuser abtrug. Die Häuser stehen noch, aber ihm ist beinahe das geschehen, was man ihm einst so leichtfertig gewünscht hatte. Ich habe damals über diesen Ausspruch gelacht, ich lache jetzt nicht mehr. Ich möchte ihm wünschen, daß er seine Frechheit nicht zu weit getrieben und sich mit dem begnügt hätte, was das Gesetz ihm zugestand. Es wäre ihm genug geblieben. Es wäre ihm nicht schwergefallen, die akademische Laufbahn hinaufzuklettern, da so viele Bessere ausgelöscht worden sind, und so viel Unbegabtere in Amt und Würden sitzen. Bei allem, was wahr ist, eine faule Drohne war er nicht ...

Natürlich ist das alles, nur keine Tragödie. Ich betrachte einen schön gestutzten Schnurrbart und einen allzu hübschen Lockenkopf, ein kleines Gesicht mit süß gespitztem Mund und unsymmetrisch gestellten Pupillen und all die anderen nicht so ausdrucksvollen Gesichter, und ich frage mich, was es bei ihnen für Früchte getragen hat, daß Herr Krasnitzki uns das Lied von den faulen Drohnen lehrte, wobei er das r rollen ließ, daß es klang, als schlüge jemand weit weg und sehr rasch eine Trommel?

Nachts

An jenem Abend hatte Dr. Morawec sich um halb acht niedergelegt, gegen neun Uhr war er eingeschlafen, und er träumte um halb zehn. Er träumte, daß er in einem weitläufigen Landhaus von Zimmer zu Zimmer ging, aber alle Zimmer waren leer. Schließlich kam er zu dem Himmelbett, und langsam zog er die Vorhänge auseinander, denn er war sicher, daß ihn auf diesem Bett seine erste Liebe erwartete, ausgestreckt und schlafend. Es war aber ein knochiges Ungeheuer, das ihn mit braunen Zahnstummeln angrinste. Es stand zu Häupten des Betts und wies befehlend auf das Lager. Er hatte sich jedoch eine Hacke verschafft, die er plötzlich über dem Untier erhob. Das bäuerliche Milieu, fiel ihm ein. Warum nicht eine Rolle Luminaltabletten? Das Untier krümmte sich auf dem Ehebett und schrie. Er wartete, bis der Schrei seinen Höhepunkt erreichte, dann schlug er zu. Das Untier zerging wie eine Blase. Die Bauern umdrängten ihn und boten ihm Geld für das Begräbnis. Plötzlich schrie das Tier zu seiner Linken. Es war tot und schrie. Er verteidigte sich, die Hacke im Kreis geschwungen. Sie werden sich verletzen, sagte jemand. Das Tier machte sich einen Spaß daraus, ihm seinen Gestank an den Ohren vorbei ins Gesicht zu blasen, es fuhr wie ein heulender Wind über ihn hin. Sie müssen ihr Evipan geben, sagte jemand. Bäuerinnen hielten seine Zukünftige nieder. Sie klapperte mit den Zähnen und sagte: Nicht. Nicht. Dann lag sie still, die Zähne waren weg, und jemand steckte ihr einen Kunstblumenstrauß zwischen die gefalteten dunklen Hände. Er selbst blätterte in einem Modejournal und suchte das Grabgewand für sie aus. Jemand sagte: Er hat das Tier getötet, er verdient unser höchstes Lob. Seine Mutter sagte: Doktor Morawec. Er wunderte sich, daß sie so förmlich war, und hielt dies für eine Folge seiner Pietätlosigkeit. Er lächelte, um ihr anzudeuten, daß er ihre Bedenken vollkommen verstehe, aber sie boxte ihn in die Schulter und wiederholte unbeirrt, ja schneidend:

»Doktor Morawec!«

Auf dem Gang schrie jemand.

»Es ist eilig«, sagte Schwester Helga.

Dr. Morawec fuhr auf, bildete sich ein, er sei hellwach, und fragte:

»Wie spät ist es?«

»Zwei Minuten vor halb zehn.«

»Ja. Wer schreit denn da?«

»Ein junger Bursch, er spuckt ununterbrochen Blut.«

»Dann soll er zu schreien aufhören«, sagte Dr. Morawec taumelig.

Die Wände sahen ihn kalt und fordernd an. Er schwang sich aus dem Bett. »Lunge?«

»Ich glaube. Eine Schußverletzung im Rücken. Die Polizei hat ihn gebracht.«

»Au weh.«

Er lief, und die Schwester lief hinter ihm drein. Der junge Bursch war weiß. Die Tünche des Todes. Auf seinem Kinn wellte sich ein Blutfaden. Eine dicke Spitalsdienerin in blauem Kittel, die über ihn gebeugt gestanden war, trat zurück. Dr. Morawec öffnete das Hemd, tastete, fuhr an die Rippen.

»Blut«, sagte er. »Helga. Blut nehmen. Schicken Sie's gleich zur Untersuchung.« Er drehte sich auf dem Absatz.

»OP«, herrschte er die Dienerin an. »Das Hemd muß aufgeschnitten werden.«

Er war am Telephon. Während er wählte, fixierte er die Dienerin, die dumm dastand. Im Hörer rasselte es.

»Was ist denn, was stehen Sie denn, schieben Sie schon, zur Operation natürlich, was sonst?«

Es rasselte wieder. Der hat einen gesunden Schlaf, dachte Morawec. Wie Napoleon in der Schlacht von Aspern.

Die Dienerin nahm die Backen voll Luft und bereitete eine umfangreiche Verteidigungsrede vor. Es knackte, und dann kam leise Radiomusik.

»Ja?« schnarrte das Telephon mit der Stimme des Chefs.

Morawec machte eine Verbeugung, nicht zu umständlich, aber mit dem nötigen Respekt, und meldete sich.

»Wir haben einen Lungensteckschuß«, berichtete er. »Ein junger Bursch. Sieht schlecht aus. Ich glaube, man muß sofort operieren.«

Es war Klaviermusik. Irgend etwas von Chopin.

»Bereiten Sie alles vor«, befahl das Telephon. »Biermeyer soll sich den Patienten auch ansehen. Ich bin in fünf Minuten da.«

Der Pianist begann einen kühnen Aufschwung, wurde aber im besten Zug unterbrochen. »Jawohl«, sagte Morawec zum Telephon. In Gedanken spielte er weiter. Er hatte die Stelle erkannt.

Die Schwester kam mit einer Glaskanüle gelaufen, ergriff die Hand des Burschen, stach zu.

Die Dienerin stemmte sich gegen den Wagen, auf dem der Bursche lag. Sie schritt andächtig einher, mit tödlicher Langsamkeit. Morawec nahm ihr die Griffstange aus der Hand. Dann war er mit dem Burschen allein. Der schrie jetzt nicht mehr, er spuckte auch kein Blut, er atmete knackend. Morawec schnitt ihm das Hemd herunter, löste den Notverband, der hart war von Blut. Der Bursche sagte: »Au.«

Als Helga zurückkam, fragte Morawec nach dem Verbleib des Chefs.

»Es kann nur mehr zwei, drei Minuten dauern«, sagte Helga. »Er hat ja den Wagen.«

»Helfen Sie mir da. Haben Sie Dr. Biermeyer geweckt?«

»Wieso? Der schläft ja gar nicht.«

»Zur Operation!« rief Dr. Morawec. »Und Schwester Martha! Wo ist das Blut?«

Während er sich die Hände wusch, horchte er nach dem knackenden Atem des Burschen. Der kleine Saal war voll Schritte, leiser, weiß überflatterter Schritte. Ein Wägelchen wurde herangerollt. Dr. Morawec band den Arm ab und stach die Nadel in die Vene. Der Bursche stöhnte tief auf und war still. Auf seinen Lippen, die unversehens blau wurden, bildete sich eine große Blase aus blutigem Schaum. Dr. Morawec stieß den Kopf vor und starrte ungläubig auf den Patienten.

»Nun?« fragte Dr. Biermeyer, der herzugetreten war, ohne daß Morawec es bemerkt hatte. Die Operationsschwester klimperte mit Instrumenten.

»Sie können wieder schlafen gehen.«

Die Instrumente hörten auf zu klimpern. Die Schritte kamen alle ganz nah.

»Ja«, sagte Dr. Biermeyer. »Da war offenbar nichts mehr zu machen.«

»Nein, es war zu spät. Schwester Helga, sagen Sie dem Chef Bescheid.«

Der Primarius war aber schon da, er trat in Hut und Mantel ein. Er schnaufte etwas.

»Tot, Herr Primar«, sagten Morawec und Biermeyer gleichzeitig.

Der Chef ließ die Leiche auf den Bauch drehen und sah die Wunde aus dreißig Zentimeter Entfernung genau an. Er ließ das schwärzlich verkrustete Blut vom Rücken waschen, und nun sah man ein fingerhutgroßes dunkles Loch mit blauem Rand. Der Primarius beugte seinen massigen Oberkörper noch einmal vor, ehe er sich aufrichtete. Er hatte noch immer den Hut auf, einen sogenannten Homburg, mit steifer, wulstiger Krempe.

»Ja«, sagte er. »Lassen Sie ihn dann runterbringen in den Kühlschrank. Gute Nacht.« Seine raschen Schritte knarrten sehr laut, dann verloren sie sich.

Später saß Dr. Morawec vorgebeugt auf seinem Feldbett, die Hände flach aneinandergelegt zwischen den Knien, und dachte nach. Er dachte an den toten Burschen, der noch lebend ins Haus gekommen war. Vielleicht saß er vor zwei Stunden gerade im Kino. Oder nein: die Polizei. Was konnte er nur getan haben? Zum Fürchten sah er nicht aus. Ein kleiner, dicklicher Bub. Eher behäbig. Vielleicht war er nicht der Mörder, sondern der Ermordete? Sicher war er das.

Kühlschrank. Morawec schnüffelte beunruhigt. Er wunderte sich, daß ihn der Jargonausdruck für die Totenkammer mit einem Mal empörte. Eigentlich ging ihn die Geschichte des toten Burschen nichts an. Aber er hatte so komisch geträumt.

»Kaffee, Herr Doktor?« fragte Schwester Helga leise am Türspalt.

»Ja, das ist eine glänzende Idee.«

Sie balancierte ein Servierbrett, lächelte stolz und schloß die Tür mit dem Fuß, ganz langsam und leise. Der Karbolgeruch, der zugleich mit ihr hereinwehte, verlor sich vor dem Geruch des frisch gekochten Kaffees.

»Nehmen Sie sich auch eine Tasse.«

»Ich muß noch hinüber in den OP.«

»Die fünf Minuten haben Sie Zeit.«

Sie saßen dann nebeneinander auf dem Feldbett und schlürften einträchtig den heißen Kaffee. Die Wände waren jetzt nicht so kahl wie sonst. Sie hatten einen fast gemütlichen Schimmer.

»Ist er schon weg?«

»Nein, sie holen ihn gleich.«

»Woher hatte er überhaupt den Schuß?«

»Ich glaube von der Polizei. Irgendein Raub.«

»Eine Schande ist das, da knallen sie einen einfach nieder.«

»Ja.«

»Von hinten.«

»Eben, von hinten noch dazu.«

»Wahrscheinlich ist er davongelaufen.«

»Wahrscheinlich.«

Sie tranken ihren Kaffee aus. Schwester Helga schenkte ihm eine zweite Tasse ein. Er spürte, daß sie ihm zusah, als er trank. Er bot ihr Zigaretten an.

»Nein«, sagte sie, »danke. Man riecht es nachher, und die Patienten wollen dann selbst rauchen.«

Sie stand auf. Stehend sah sie in einer gewissen Weise unangreifbar aus.

»Jetzt muß ich wirklich hinüber.«

»Die läuten schon, wenn sie kommen.«

»Glauben Sie?«

Sie ging aber doch hinaus, gewissenhaft, wie sie war. Von allen Nachtschwestern war sie die einzige, die ihm gefiel: still, schmal und hübsch. Nur ihr Besserwissergesicht sagte ihm, daß er mit ihr nichts anfangen sollte. Er hatte eine Vorahnung von Debatten, Tränen und endlosen Scherereien.

Er drückte die Zigarette aus und legte sich zurück auf das Feldbett, dabei wußte er, daß er nicht so bald wieder einschlafen würde, und das, obwohl er von seiner Mutter, die Schnittwarenhändlerin war, ein gesegnetes Schlafbedürfnis geerbt hatte. Die Tortur der nächtlichen Alarmrufe brachte ihn ganz durcheinander. Er fand dann auch tagsüber keinen richtigen Schlaf, und bald blieb der Appetit aus.

Auch diese lebhaften Träume waren ihm früher selten untergekommen. Er hatte sich immer für einen ruhigen Burschen gehalten. Hatte er jemals außergewöhnliche Entschlüsse gefaßt – und er war sich dessen gar nicht sicher –, dann nur unter dem Druck äußerer Verhältnisse, und manchmal dachte er sogar, er habe die bedeutendsten Taten seines Lebens aus Bequemlichkeit begangen. Er hielt viel von Seelenruhe. Am liebsten wäre er wie sein seliger Großvater mütterlicherseits mit einer schwarzen Hauskappe und einer kompliziert gebauten Pfeife am Ofen gesessen und hätte nur hin und wieder ein bedeutsames Murmeln hören lassen. Von Gestalt war er mager, schwarz und gelbgesichtig. All das hatte er von seiner Mutter, der Schnittwarenhändlerin, auch die Vorliebe für Süßigkeiten, die Wanderlust und die kurzsichtigen Augen. Verlobt war er noch nicht; dazu fehlte ihm die Tochter eines schon recht hinfälligen Landarztes. An eine Großstadtpraxis dachte Dr. Morawec weniger. Er stellte es sich schön vor, unter kahlen Novemberbäumen eine Ebene zu durchradeln, mit feuchten Wiesen ringsum, zu einer Entbindung oder zu den Folgen einer Wirtshausrauferei. Doch konnte sich seine Mutter nicht entschließen, das Schnittwarengeschäft zu verkaufen. Blieb nur das Erbe einer heiratswilligen Dame.

Er hatte schon auf einige Annoncen reagiert, in sauberer Maschinschrift, gegebenenfalls mit Lichtbild, und einmal war er sogar aufs Land gefahren, um eine Kandidatin in Augenschein zu nehmen. Jene Praxis stand leer, der Vater war drei Wochen vorher gestorben, kein Arzt im Umkreis von dreizehn Kilometern. Die Bauern, hörte Morawec, gingen zwar fünfmal zum Tierarzt, ehe sie einmal zum Menschendoktor gingen, denn Vieh wog bares Geld, und der Mensch war umsonst.

Diese Ansichten störten ihn wenig. Schließlich war auch sein verewigter Vorgänger nicht verhungert, und Haus nebst großem Obstgarten, die zum Erbe gehörten, waren verlockend. Nur das Mädchen war dies nicht.

Er hatte in dieser Angelegenheit einen erbitterten Disput mit seiner Mutter gehabt. Während er sich Argumente überlegt hatte und Tricks, mit deren Hilfe er sie dazu bringen wollte, ihr Geschäft doch noch zu verkaufen, war ihm schon klargeworden, daß dieser Kraftaufwand ganz vergeblich war. Sie war eine brave alte Maschine, die nach dem Gesetz der Trägheit in Gang gehalten wurde, und wahrscheinlich befürchtete sie, daß irgend etwas in ihrem Mechanismus knakken würde, sobald sie mit ihrer Tätigkeit einmal aussetzte.

Wenn er nachts wachlag, überlegte er sich Fluchtwege. Er dachte sich Märchen aus. Er ging ins Ausland. Südamerika. Abessinien. Fünf Jahre treue Dienste, und er hatte genug erspart. Dabei dachte er, daß er es keine fünf Jahre aushalten würde. Mitunter hatte er Angst, daß er es nirgends mehr aushalten würde. Dann wieder, im Halbschlummer, sah er Wolken von Apfel- und Kirschblüten auf einem weiten Frühlingshimmel einherfahren, roch Jasmin und stapfte wohlgefällig durch ein hallendes Haus. In einer mattweiß und metallen schimmernden Traumordination drängten sich verhutzelte Weiblein, blutüberströmte Bauern und krätzige Kinder, es war eine Art Vorhof zum Paradies. Voll Lust verband er, schnitt und sägte, und die Kassenlade quietschte froh.

An diesem Abend wollte sich keine seiner Illusionen einstellen. Ihm war, als sei sein Schädel vollständig leer. Irgendwann, dachte er, hat man mir eine entscheidende Qualität geraubt.

Er kroch vom Feldbett und nahm sich wieder eine Zigarette. Helga kam zurück und ging zu seinem Tischchen, um das Kaffeebrett an sich zu nehmen. Da sie aber sah, daß er seinen Kaffee nicht ausgetrunken hatte, blieb sie stehen, die Hand auf der Tischplatte, den Blick fragend auf ihn gerichtet.

»Ist er fort?« fragte Morawec.

»Ja.«

»Jemand zu verständigen?«

»Das macht die Polizei.«

Er hielt ihr noch einmal seine Zigarettenschachtel hin, und diesmal nahm sie eine Zigarette, die sie ungeschickt in den Mund steckte.

»Nervös?«

Sie machte ein Gesicht, als wolle sie sagen: Ich habe schon viele sterben gesehen. Sie sah sich ein wenig ratlos um, dann setzte sie sich halb auf den kleinen Sessel neben dem Bett und umschlang die Lehne.

»Die werden schon gewußt haben, warum sie schießen«, sagte sie dabei. »Ohne Grund schießen die nicht.«

»Bitte. Vielleicht. Wie alt war er? Achtzehn, neunzehn.«

»Ich glaube siebzehn. Die jungen Leute sehen heute oft älter aus.«

Morawec tat, als sehe er noch immer zu Boden, aber er sah jetzt auf ihre Beine.

»Wie alt sind Sie denn?« fragte er.

»Dreiundzwanzig. Sicher dachten Sie älter.«

»Im Gegenteil.«

Auf ihrem Gesicht zeigte sich die Spur eines ärgerlichen Lächelns. Sie winkte ab. Er rauchte und überlegte, ob er sie ins Kino einladen solle. Sie war mit ihrer Zigarette noch nicht fertig, und doch machte sie schon eine Bewegung, um sie auszudrücken. Offenbar rauchte sie nicht oft. Ihre Finger waren weiß und glatt, die Finger eines Kindes.

»Was sich Eltern so denken?« fragte Morawec vor sich hin.

»Mein Gott, die haben jetzt Zeit zum Weinen.« Schwester Helga sprach in die Luft. »Können sich sagen, sie hätten früher achtgeben sollen.«

Dr. Morawec schob die Unterlippe vor und wiegte den Kopf.

»Man kann in niemanden hineinschauen.«

»Nein.«

»Man kann nicht hineinkriechen in einen anderen. Letzten Endes muß er selbst wissen –«

»Vielleicht ist es besser für so einen«, begann Schwester Helga wieder.

»Unsere Sache ist das nicht.«

Die Schwester sagte nichts mehr, sie scharrte nur mit der Schuhspitze. Morawec sah sie erstaunt an. Sie schien sich ihrer unschlüssigen Haltung nicht bewußt zu sein.

»Was machen Sie morgen nachmittag?« fragte er.

»Ich? Nichts.« Sie machte große Augen.

»Möchten Sie nicht einmal ins Kino gehen?«

»Mit Ihnen?« Sie wurde rot, eigentlich nur rosa.

»Ja.« Er sah sie mit einem melancholischen Lächeln an und hatte die Befürchtung, daß sich sein Gesichtsausdruck im nächsten Augenblick in eine Grimasse verwandeln würde. Hätte nicht sie einen toten Arzt zum Vater haben können, mit hinterlassener Landpraxis, Ebene, unter Novemberbäumen radeln, mit nassen Wiesen rundherum?

»Sie sollten jetzt lieber schlafen«, sagte Helga. Sie spielte wieder mit ihrer Schuhspitze auf dem Boden. Er hätte nur die Hand ausstrecken müssen, um sie zu berühren, aber er fand nicht die Kraft dazu.

»Ihr Kaffee war so stark«, sagte er.

»Ich habe es gutgemeint.«

»Ich weiß.«

Er beschränkte sich darauf, sie fordernd anzusehen. Sie saß da und wippte noch mit dem vorgestreckten Bein. Was will ich eigentlich noch mehr, dachte er, als daß sie im Zimmer bleibt und sich nicht rührt und kein Wort sagt? Aber da seufzte sie und stand auf und grüßte ihn mit einem verlorenen Lächeln. Er lächelte zurück und blieb sitzen. Abwesend rieb er die Finger an der Handfläche, die sich ausgelaugt anfühlten vom vielen Waschen und kalt. Leichte Kreislaufstörung, konstatierte er.

Sie begann zu reden, leise, aber schnell. Was sie sagte, klang recht vernünftig. Daß es keinen Zweck habe, und die Atmosphäre der Zusammenarbeit, daß die Patienten warteten, und er solle doch nicht denken, sie würde mit ihm nicht gern ausgehen. Aber ihr Gesicht sagte ganz anderes, es zuckte manchmal in dem Krampf, sich nichts anmerken zu lassen.

Was seid ihr nur für Frauen? dachte Morawec. Eine Schwester war gut, wenn sie sich nichts anmerken ließ, wenn sie das Gesicht nicht verzog, wenn ihr nicht schlecht wurde, wenn sie nie zornig war, nie nervös, nie traurig. Und die Kollegen, wenn sie sprachen: da bewegten sich die Lippen, aber die Augen waren woanders. Immer waren sie leise, schnell und vernünftig, so vernünftig wie die Hausordnung, wie die Instrumente und die Masken, so verräterisch vernünftig.

Helga sagte noch etwas und machte die Tür auf. Sie tat es langsam, und die Tür blieb eine ganze Weile offen, denn nun war Morawec doch aufgestanden und redete ihr zu, ebenso leise, schnell und eindringlich. Die Gänge, die vorhin in ihrer gleichmäßig konstruierten Geometrie noch weiß unter der Deckenbeleuchtung verlaufen waren, lagen nun im Halbdunkel der Notlichter. Es war still. Aus allen Löchern der Dunkelheit kroch der Karbolgeruch und nistete scheußlich in der Nase. Helga drehte sich unter seinen Worten wie unter Griffen, ratlos, ob sie bleiben sollte oder davongehen in die Dunkelheit, wo hinter allen Türen Kranke warteten, bereit, jeden Augenblick »Schwester, Schwester!« zu rufen wie gestern noch andere, die aber jetzt still im Kühlschrank lagen, unten beim Fundament des Hauses.

Mit einer raschen Bewegung zog Morawec das Mädchen von der Tür weg. Sie wollte jetzt gar nicht und wehrte sich entschieden, aber in einer Aufwallung von Angst und Zorn trat er gegen die Tür, daß sie ins Schloß fiel. Sie zuckten beide zusammen und sahen einander voll Schrecken an, als müßten sie es am Gesicht des anderen ablesen, was zu tun war, wenn sich draußen etwas rührte. Aber draußen blieb alles still.

Ein Augenblick der Lust

Leo erinnerte sich seiner Mutter nur als einer äußerst empfindlichen Dame, auf die man in jeder Weise Rücksicht zu nehmen hatte. Seit ihrer Scheidung von seinem Vater Dr. Heymerle lebte sie in Rom. Von dort aus sandte sie Leo zu Weihnachten und zu seinem Geburtstag kleine lila Kärtchen, die sie in ebensolche Kuverts steckte. Außer den jeweils indizierten Glückwünschen stand auf diesen Kärtchen mit geringfügigen Variationen stets das Folgende:

»Mein liebster Sohn! Ich hoffe, daß Du große Fortschritte machst und Deinem geplagten Vater keine Sorgen bereitest. Mir geht es hier im sonnigen Italien ausgezeichnet, die Leute sind alle so rücksichtsvoll. Mein einziger Kummer ist, daß ich Dich, mein liebster Sohn, nicht hier bei mir habe. Zu gerne würde ich Dir einmal das Ewige Rom zeigen.«

Sooft Leo diesen nichtssagenden Text zu Gesicht bekam, ärgerte er sich darüber. Manchmal sammelte er die Kärtchen, die in seiner Tischlade durcheinandergeworfen herumlagen, und betrachtete sie konzentriert. Auf den Karten, die über zwei Jahre alt waren, sah man noch die Rundstempel der Zensurstelle. Über diese Stempel ärgerte sich Leo am meisten. Der Gedanke, daß irgendein Zensurfräulein die abgeschmackten Zeilen seiner Mutter las und daraus die Berechtigung ableitete, auf ihn, Leo Heymerle, als dummes Muttersöhnchen herabzusehen, verursachte ihm starkes Unbehagen. In einem Augenblick allgemeiner Unlust schnitt er den Rundstempel säuberlich aus, holte die Reproduktion eines Halbakts, der ein kauerndes Proletariermädchen mit abwesendem Blick und stämmigen Schenkeln darstellte, aus der Egon-Schiele-Mappe seines Vaters und klebte den Zensurstempel mit Gummi arabicum auf die delikateste Stelle der Zeichnung. Gern hätte er das also zensurierte Blatt über sein Bett gehängt, aber das ging nicht wegen des Dienstmädchens, und auch seinen Mitschülern konnte er es nicht zeigen, da sie als rohe und phantasielose Burschen die Feinheit dieser Retouche nicht begriffen und sicherlich lieber das unverhüllte Original gesehen hätten.

In einem anderen Augenblick der Unlust fiel ihm die verstümmelte Karte seiner Mutter in die Hände, und er bearbeitete sie voll Ingrimm mit einer scharfen Schere, so lange, bis er die einzelnen Wörter auf winzigen Kartonstreifen vor sich liegen hatte. Diese Streifen klebte er dann auf ein Stück Papier, und zwar so sorgfältig, daß die Karte, von weitem betrachtet, wie unbeschädigt aussah. Der Text lautete nun so:

»Mein liebster Sohn! Zu gerne würde ich Dir mal rücksichtsvoll meinen einzigen Kummer zeigen: die Leute hier im sonnigen Italien. Ich hoffe, daß Du keine Fortschritte machst und Deinem geplagten Vater große Sorgen bereitest. Es ist ausgezeichnet, daß ich Dich, mein liebster Sohn, nicht bei mir habe. Mir das Ewige Rom!«

Übrig blieben ihm: r, i, sid, geht, alle so. Die schmiß er weg.

Der Jammer war, daß Leo solche Glanzleistungen seines Intellekts niemandem mitteilen konnte, da teils kein Verständnis vorauszusetzen war, teils der Respekt es verbot. Bei dieser Leistung konnte er sich aber nicht zurückhalten; er zeigte die Karte seinem Vater. Sein Vater prustete vor Lachen und sagte dann, das sei zwar ein Scherz, aber ein ganz unpassender, und steckte die Karte in die Tasche.

Leo hatte oft Augenblicke der Unlust. Zwar fand sich in der Bibliothek seines Vaters außer jener Schiele-Mappe noch manch anderes illustrierte Werk, das sich oftmaliger, anhaltender und brütender Betrachtung als würdig erwies, und auch interessante Bücher: Sammlungen der berühmtesten Verbrechen; eine Anzahl Sittengeschichten und Abhandlungen über das Sexualleben. Kannte man aber in diesen Büchern die wesentlichen Stellen auswendig und schlug man blind die interessantesten Bilder auf, dann wurde auch diese theoretisch anregende Beschäftigung schal und langweilig und traurig.

Um seine Unlust zu bekämpfen, wandte er sich anderen

Schätzen seines Vaters zu, verzehrbaren, die Dr. Heymerle für den Bedarf seiner Gäste im Schreibtisch verwahrte. Dieser Schreibtisch war immer verschlossen, schon des Dienstmädchens wegen, aber einmal hatte Dr. Heymerle den Schlüssel versehentlich steckenlassen. Leo hatte ihn zum Schlosser getragen und sich einen Nachschlüssel machen lassen, in einem entlegenen Bezirk und »für seinen Bruder«, wie er dem Schlosser erklärte; es müsse auch schnell gehen, denn er verreise. Am Abend steckte Dr. Heymerles Schlüssel friedlich im Schloß, und seither besaß Leo seinen eigenen.

Er konnte nun einen Schluck Courvoisier oder Black and White nehmen, wenn ihn danach gelüstete, und ägyptische oder englische Zigaretten rauchen, während er die Zigarren stehenließ. Natürlich hielt er streng ein selbstdiktiertes Kontingent ein, damit der Mächtige den raschen Schwund seiner Vorräte nicht bemerkte, und eine Zeitlang war Leo mit den neuartigen Genüssen zufrieden; aber nicht lange. Denn all diese Schätze des Vaters wogen nichts gegen freien Zugang zu seinem Geldschrank.

Es war ein altmodischer Tresor mit Stahlwänden und Schrottfüllung, er stand im Badezimmer, und den Schlüssel dazu trug Dr. Heymerle zusammen mit anderen Schlüsseln an einer dünnen Stahlkette in seiner Hosentasche. Er trennte sich von ihm nur zusammen mit seiner Hose, und um sich den Schlüssel zu verschaffen, hätte man ihn nachts, wenn der Vater schlief, entwenden müssen. Am nächsten Tag mußte man einen Abdruck machen lassen und am Abend den Schlüssel wieder in die Hosentasche praktizieren. Dr. Heymerle öffnete den Geldschrank nur Samstag abends, wenn er den Kassenstand prüfte, senkte oder erhöhte. Was geschah aber, wenn er das Fehlen des Schlüssels an jenem Tag X zufällig entdeckte? Man hätte den Schlüssel vielleicht auch auf den Teppich legen und dem Vater so die Meinung nahelegen können, der Schlüssel sei von der Kette gerutscht, aus der Tasche gefallen, und der Teppich habe das Geräusch verschluckt. Aber dieses Vorgehen hätte eine Art sorgloser Frechheit erfordert, die Leo, wie er sich nachdenklich eingestand, nicht besaß. Der Plan mußte also geändert werden, und zwar folgendermaßen:

1. Der Abdruck konnte nicht vom Schlosser vorgenommen werden. Er selbst mußte ihn vornehmen, an Ort und Stelle.

2. Die Hosenlosigkeit des Vaters dehnte sich auch auf die Zeit der Morgentoilette aus. Leo mußte sein Zimmer betreten, während der Vater sorglos im Bad plätscherte, den Schlüssel von der Kette nehmen und nach zwei Minuten wieder befestigen. Nackt würde der Vater nicht aus dem Bad stürzen, schon aus Respektsgründen.

3. Trotzdem mußte ein glaubwürdiger Vorwand für das Betreten des Zimmers gefunden werden und parat sein.

4. Das Dienstmädchen mußte für diese Zeit aus der Wohnung entfernt werden. Auch dazu war ein Vorwand zu konstruieren.

Genau nach diesem Plan ging Leo ans Werk. Er kaufte in einem Dentaldepot hundert Gramm feines rosa Wachs, wie es die Zahnärzte zu Abdrucken verwenden, weil er sich sagte, daß dieses Wachs, das hart war und rasch erkaltete, für seinen Zweck geeigneter sei als Kerzenwachs. Am Abend vor der Tat nahm er die beiden Flaschen Milch, die das Dienstmädchen immer für das Frühstück vorkaufte, aus der Speisekammer und schüttete ihren Inhalt in den Abort. Die leeren Flaschen stellte er unter sein Bett. Nachdem er noch eine leere Schuhpastadose sorgfältig gereinigt und ebenfalls in Griffweite versteckt hatte, legte er sich schlafen.

Um halb sieben wurde er durch stürmisches Klopfen geweckt.

»Herr Leo?« rief das Dienstmädchen durch die Tür. »Herr Leo! Wissen Sie vielleicht, wo die Milch ist?«

»Keine Ahnung!« sagte Leo schlaftrunken. Dann fuhr er auf und sah auf die Uhr. Es war zu früh.

Das Mädchen sprach mit klagender Stimme weiter.

Er verstand. »– alle zwei Flaschen!«

»Die Milch? Warten Sie – ja. Ich habe sie mir hereingeholt. Ich hatte gestern solchen Durst.«

»Aber ich brauche sie doch für das Frühstück!«

»Sie haben noch Zeit!« schrie Leo. »Wir frühstücken erst um halb acht!«

Das Dienstmädchen rief wieder etwas Ängstliches.

»Sie können jetzt nicht herein!« antwortete er. »Ich bringe sie Ihnen dann hinaus!«

Nach zehn Minuten klopfte es wieder.

»Herr Leo! Jetzt brauche ich sie aber unbedingt!«

Leo holte die Flaschen unter dem Bett hervor und öffnete die Tür.

»Die sind ja leer!« schrie das Mädchen.

»Ja, ich hatte sehr großen Durst.«

»Aber wie soll ich jetzt das Frühstück machen?«

»Holen Sie eben frische.«

»Das sag' ich aber dem Herrn Doktor!« schrie das Mädchen erbost und riß ihm die Flaschen aus den Händen.

»Tun Sie das«, versetzte Leo.

Kaum hatte das Mädchen die Wohnungstür hinter sich zugeschlagen, als er auf bloßen Füßen in die Küche rannte. Er entzündete zwei Gasflammen und brachte das Wachs in den beiden Teilen der Schuhpastadose zum Schmelzen. Dabei stieg er aufgeregt von einem Fuß auf den anderen. Die Fliesen waren kalt, und die Sache ging ihm viel zu langsam, dabei begann das Wachs schon nach einer Minute zu zischen und zu stinken. Er rannte zum Fenster und riß es auf. Eben jagte das Mädchen, die leeren Flaschen schwingend, um die Ecke.

Das Wachs kochte. Er löschte die Flammen, faßte die beiden Deckel mit seinem Taschentuch und versteckte sie unter der Wasserleitung. Dann stapfte er laut trampelnd ins Schlafzimmer seines Erzeugers.

»Papa!« schrie er.

»Ja?« kam es dumpf aus dem Bad.

Die Hose hing über einem Stuhl. Er schlich sich heran und griff in die Taschen.

»Papa! Ich habe in Griechisch ein Nichtgenügend!«

»Und da schreist du noch so frech?«

»Ich habe es nur bekommen, weil der Eibenmeyer von mir abgeschrieben hat.«

»Wer?«

»Der Eibenmeyer!«

»Wieso?«

»Unser Griechischprofax hat so komische Einfälle. Er hat mir Nichtgenügend gegeben, damit ich ihn nicht mehr abschreiben lasse!«

»So? Und warum sagst du mir das jetzt?«

»Du mußt mein Heft unterschreiben!«

»Das wird doch Zeit haben bis zum Frühstück!«

»Ja!« schrie Leo. Er hatte den Schlüssel. Die Kette klirrte leise, als er sie zurückschob. »Dann warte ich eben!« brüllte er und trampelte aus dem Schlafzimmer des Vaters.

Kaum war er im Vorzimmer, lief er auf Zehenspitzen zur Wasserleitung. Das Wachs war flaumweich, es hätte nicht besser sein können, wenn er vorher damit experimentiert hätte. Die Notwendigkeit hierzu fiel ihm erst nachträglich ein. Er drückte den Schlüssel tief hinein und ließ kaltes Wasser auf den Deckel rinnen. Das Wachs war im Nu kalt und hart. Er drehte den Deckel um und hatte den Schlüssel in der Hand, dann folgte das Wachs, babyfarben rutschte es auf seinem Handteller hin und her. Zappelnd hielt er es fest und ließ es in seiner Hosentasche verschwinden. Dann machte er den zweiten Abdruck und rieb den Schlüssel mit seinem Taschentuch blank. Er war nur etwas beschlagen, aber kein Klümpchen Wachs klebte an ihm. Ein Hoch der medizinischen Industrie!

Lärmend kehrte Leo ins väterliche Schlafzimmer zurück.

»Papa!« schrie er voll Angst und Verzweiflung.

»Was ist denn schon wieder, zum Donnerwetter?«

Wieder klimperte die Kette, und alle Schlüssel an der Kette klimperten mit. Während er sie herunterstreifte, schrie er:

»Ich muß aber heute früher weg, ich muß mich in der Schule noch präparieren! Wir haben heute Mathematikschularbeit!«

Der Tresorschlüssel war auf dem kleinen Ring, und die anderen Schlüssel folgten, einer nach dem anderen. Jetzt mußte der Vater herausgestürzt kommen – das also war der Grund – Dieb! Du, in den ich all meine Hoffnungen gesetzt habe –, aber er fluchte nur laut und unverständlich, denn er putzte sich gerade die Zähne.

»Ich warte also noch etwas!« rief Leo mit bebender Stimme und schob den einwandfrei geordneten Schlüsselbund in die Hosentasche des Vaters zurück. »Hoffentlich bekomme ich nicht wieder ein Nichtgenügend!«

Sein Herz schlug im Hals, er bekam keine Luft, und im Vorzimmer mußte er sich an die Wand lehnen.

»Ist Ihnen schlecht?« fragte das Dienstmädchen, als sie die Milchflaschen auf den Herd stellte.

»Ja – ich weiß nicht – die Milch – es stinkt auch so.«

Das Mädchen schnupperte.

»Wirklich. Eigenartig. Das Gas?«

Sie sah nach den Gashähnen. »Aber es ist alles zu.«

»Vielleicht ist der Schlauch undicht.« Beinahe versagte Leo die Stimme. »Lassen Sie ihn einmal nachsehen.« Er ging schwerfällig in sein Zimmer.

Beim Frühstück betrachtete er mit Rührung seinen sorglos kauenden Erzeuger. Am liebsten wäre er ihm um den kurzen, dicken Hals gefallen oder hätte ihm doch wenigstens brüderlich auf die Schulter geklopft. Du bist ein guter Mensch, hätte er gesagt. Ich wollte dir natürlich nichts zuleide tun. Aber es ging nicht anders, das mußt du einsehen.

Diese sentimentale Anwandlung verflog jedoch, als Leo klar wurde, daß er jetzt zwar einen tadellosen Abdruck hatte, aber keinen Schlosser, den er mit der Anfertigung des Nachschlüssels betrauen konnte, zumal er nicht imstande war, das Original vorzuweisen.

»Ich sag' dem Herrn Doktor natürlich nichts«, raunte das Dienstmädchen, als sie ihm in den Mantel half.

»Sie können sagen, was Sie wollen«, brummte Leo, der sich wieder ganz in der Hand hatte und den es keineswegs rührte, daß Anni den Tort, den er ihr angetan, so schnell verwunden hatte.

Mit diesem Mädchen Anni nahm es übrigens ein böses Ende. Zu Anfang reizte es ihn nur, ihr in die nackten Kniekehlen zu sehen, wenn sie den Boden wusch. Ihre Beine waren braun, und die Kniekehlen weiß; sie rutschte, auf einer Matte kniend, herum, und ihr Gesäß zeigte sich in seiner ganzen Fülle. Sie war nicht zu voll, aber auch nicht zu schlank, neunzehn, brünett und mittelgroß, eine Spur größer als Leo. Es kam dann ein Stadium, in dem er schon unruhig wurde, wenn sie den Suppenteller vor ihn auf den Tisch stellte und mit dem Besteck klimperte. Er faßte den Entschluß, mit ihr zu schlafen. Er trug sich sehr lange mit dem Gedanken, ehe er seinen ersten Versuch startete.

Er trat in die Küche, verschränkte die Hände auf dem Rücken, wie es bei wichtigen Besprechungen auch sein Vater tat, ging mehrmals nachdenklich auf und ab, dann fragte er sie:

»Schlafen Sie eigentlich nie mit Männern?«

Sie sah ihn mit offenem Mund an, dann wurde sie rot und lachte.

»Sie stellen aber Fragen, Herr Leo!«

»Warum? Es ist doch die natürlichste Sache von der Welt.«

»Sei'n Sie still, sonst sag' ich's dem Herrn Doktor.«

»Sie mit Ihrem Herrn Doktor!« spottete Leo und stellte sich bedeutend vor sie hin. »Sie können's ihm ruhig sagen. Ich unterhalte mich mit meinem Vater manchmal über die Mädchen, mit denen ich schlafe.«

Das Mädchen brach in helles Kichern aus.

»Wann machen Sie denn das?« grinste sie.

Leo wandte sich beleidigt ab und ließ die Tür zuknallen. Bestie! dachte er. Bildet sich was ein auf die zwei Jahre, die sie älter ist!

Es war sehr peinlich. Wenn Anni ihm nun begegnete, mußte er das Gesicht wegdrehen. Es schien ihm, als ob sie ihn heimlich auslachte. Er mußte das Gleichgewicht wieder herstellen.

»Sie sind doch ein hübsches Mädchen«, begann er an einem der nächsten Tage mit frischem Mut.

»Wieso wissen Sie denn das?« fragte sie höhnisch.

»Man hat Vergleichsmöglichkeiten.«

»So?«

»Verlassen Sie sich drauf. Sie sind hübsch und schlafen nicht mit Männern? Sie müssen sich doch kreuzunglücklich fühlen.«

Anni drehte sich weg und lachte. Sie rührte in einer Pfanne und lachte. Es war eine Beleidigung sondergleichen.

»Hören Sie auf zu lachen!« knurrte Leo.

Sie lachte aber unentwegt weiter. Da schritt Leo dreist an sie heran, drehte sie mit einem Ruck zu sich und küßte sie. Er fand ihre Lippen nicht gleich, denn seine Nase war ihm im Weg, und auch ihre, aber dann ging es, und er küßte sie sehr lange. Jetzt bist du dran! dachte er atemlos, als es ihm lang genug gedauert hatte. Dann ging ihm die Luft aus, und er mußte sie loslassen.

Sie drehte sich wieder um, als sei nichts geschehen, lachte und rührte in der Pfanne. Da überkam ihn die Wut, und er packte sie um den Leib. Sie schaukelte ein bißchen hin und her, es dauerte fast eine Minute, dann riß sie sich plötzlich los und rannte in ihr Kabinett. Leo kam einen Augenblick zu spät. Sie schlug die Tür zu und drehte den Schlüssel um. Er beugte sich vor, lauschte und hielt den Atem an.

»Geh'n Sie weg!« rief das Mädchen halblaut.

Er schwieg.

»Ich weiß genau, daß Sie da sind! Geh'n Sie weg!«

»Sie haben ja Angst!« sagte Leo mit unsicherer Stimme.

»Geh'n Sie auf Ihr Zimmer, sonst koch' ich nichts zum Nachtmahl, dann wird's der Herr Doktor schon merken!«

»Der Herr Doktor wird ins Gasthaus gehen, und Sie fliegen raus!«

»Wir werden ja sehen, wer rausfliegt, wenn ich ihm alles erzähle!«

»Ich fliege nicht so schnell raus«, sagte Leo. Er ärgerte sich so sehr, daß ihm die Lust, mit Anni zu schlafen, für den Moment völlig verging. »Sie sind eine blöde Gans!« rief er. Dann polterte er in sein Zimmer.

Dort begann er die Niederlage zu überdenken. Sie war nicht so schlimm wie die erste, er hatte diesmal besser abgeschnitten. Wie es nun aber weitergehen sollte, wußte er ganz und gar nicht. Vielleicht hätte ich sofort Gewalt anwenden müssen? dachte er grimmig. Wahrscheinlich hat sie das erwartet. Wer kennt sich bei den Weibern aus!

Man konnte niemanden um Rat fragen, es war eine Prestigeangelegenheit. Es ließ ihm keine Ruhe mehr, es war sein einziger Gedanke, und doch dauerte es verhältnismäßig lange, bis ihm die rettende Idee kam. Wann war ein Mädchen am empfänglichsten für Dinge wie Schlafen? Nachts. Nachts sperrte sich Anni in ihrem Kabinett ein. Man brauchte einen Nachschlüssel. Die einfachste Sache von der Welt!

Zwei Nächte lang bewahrte er den Schlüssel unter seinem Kopfkissen auf. Er glänzte viel heller als der alte, er war zwar ein bißchen rauh, aber er paßte, davon hatte Leo sich sofort überzeugt: Es war der Schlüssel zum Sieg. In der dritten Nacht war sein Vater abwesend, da er, wie er mitteilte, im Anschluß an einen gewonnenen Prozeß an einem Festessen teilnahm. Er gewann jede Woche einen oder zwei Prozesse, manchmal drei, und fast jedesmal mußte er dann an einem Festessen teilnehmen, wie er betrübt, aber gefaßt berichtete.

Leo wartete bis Mitternacht. Währenddessen blätterte er in einer Sittengeschichte und trank drei oder vier Gläschen Courvoisier. Dann räumte er alles beiseite und schlich in die Küche. Er hatte lange überlegt, was er zu dieser Gelegenheit anziehen sollte; Pyjama hatte er nämlich keins. Aus ihm unbekannten Gründen stellte man ihm nur Nachthemden zur Verfügung. Sein Abenteuer aber im Nachthemd zu unternehmen wäre ihm als irgendwie unangebracht erschienen. Schließlich hatte er sich für eine schwarze Turnhose und ein rot-weiß gestreiftes Leibchen entschieden.

Der Schlüssel steckte von innen, zum Glück aber so, daß er

sich leicht hinausstoßen ließ. Leo wartete die Reaktion des Mädchens auf das Klirren des fallenden Schlüssels nicht ab, sondern sperrte auf, drang ein und rannte auf das Bett zu. Er hatte die Topographie des Kabinetts sorgfältig memoriert.

»Was ist?« rief das Mädchen schlaftrunken, als er ihr die Decke wegriß und sich wie ein Schwimmer, mit vorgestreckten Händen, auf ihren schlafheißen bloßen Leib stürzte. Sie wälzte sich zweimal herum, stöhnte und strampelte zwecklos mit den Beinen, kaum hatte er aber die empfindlichste Stelle ihres Körpers berührt, da fuhr sie mit einem Schrei hoch, sprang über ihn hinweg und machte Licht.

»Herr Leo!« schrie sie wütend. Dann fiel sie mit Fäusten über ihn her, und sei es, daß er damit nicht gerechnet hatte, sei es, daß sie stärker war als er, es vergingen nicht drei Sekunden, da lag er draußen auf dem Fußboden der Küche, und die Tür schlug zu.

»Diesmal sag' ich's aber dem Herrn Doktor, darauf können Sie sich verlassen!«

Sie schrie noch einiges hinter ihm her, aber er hörte sie nicht länger an, sondern humpelte in sein Zimmer, wo er sich nun seinerseits einsperrte und sich die Knöchel blau biß. Er fauchte mehr, als daß er weinte, riß sich vor Wut das rot-weiß gestreifte Leibchen ab und trat gegen das Bett, wobei er sich entsetzlich den Fuß anschlug.

Später lag er in der Dunkelheit und überlegte.

»Ich werde sie vernichten«, sagte er laut in die Nacht. Er stellte sich verschiedene Todesarten für sie vor, auf jeden Fall mußte sie auf den Knien herumrutschen und mit dünner Stimme um ihr Leben flehen. Als er genug davon hatte, machte er noch einmal Licht, ging ins Arbeitszimmer des Vaters und schenkte sich ein halbes Wasserglas mit Whisky voll, da er von dem Courvoisier beinahe schon zuviel genommen hatte. Es tat ihm leid, denn er hatte den Courvoisier lieber.

Diesmal machte das Mädchen ernst, er hörte ihren eintönig klagenden Singsang im Arbeitszimmer des Vaters, als er morgens durch das Vorzimmer strich.

Sein Vater ließ ihn kommen und sagte, nachdem er ihm eine englische Zigarette angeboten hatte, das Folgende:

»Ich bin der letzte, der nicht einsieht, daß du in das Alter gekommen bist, in dem man anfängt, intimen Umgang mit Frauen zu suchen. Die Frauen, auf die man es eigentlich abgesehen hat, sind für deinesgleichen noch unerreichbar, also sucht man sich Ersatz. Schön und gut.

Sucht man sich aber Ersatz, so vermeidet man um jeden Preis, sich mit Frauen oder Mädchen der näheren Umgebung einzulassen, egal ob es sich nun um eine Haushälterin, Vorleserin oder um ein Dienstmädchen handelt. Dasselbe gilt übrigens für Sekretärinnen. Warum? Ist sie klug, dann läßt sie sich darauf ein und nützt das Verhältnis dazu aus, sich Vorteile zu erschleichen. Was war in diesem Fall zu erwarten? a) sie schiebt dich vor, um eine Gehaltserhöhung von mir zu erpressen. Sie ist zwar nicht mehr minderjährig, aber es würde zweifellos böses Blut machen, wenn sie beim Greißler und bei der Milchfrau herumerzählen würde, ich dulde, daß du mit ihr ein Verhältnis hast; b) sie hätte sich von dir ein Kind machen lassen, dann könnte sie mich c) zwingen, ihr den Abortus zu bezahlen, d) könnte sie mich mit meiner Mitwisserschaft an diesem Verbrechen jederzeit erpressen, e) könnte sie dir ein schriftliches Heiratsversprechen entlockt haben, was bei deiner Unerfahrenheit kein Kunststück ist, und ich wäre f) genötigt, sie mit einer größeren Summe abzufinden, und so weiter und so fort ad infinitum. Gott sei Dank war sie dumm, hat den Coitus abgelehnt und getratscht. Sie ist bereits entlassen.«

»Ein schriftliches Heiratsversprechen hätte ich ihr nie gegeben«, sagte Leo fest.

»Verschrei's nicht. Zweitens: Geschlechtskrankheiten. Ein Mädchen kann gar nicht so gesund aussehen, daß sie nicht doch krank ist. Besonders verdächtig sind Schwellungen der Leistendrüsen, aber auch Ausschläge geben zu Vorsicht Anlaß. Niemals auf Schutzmittel verzichten, im Notfall kaltblütig zum Arzt schicken und vom Verkehr abstehen. Das ist natürlich peinlich, aber besser als Dauerschäden. Du bist gewarnt. Ich muß ins Büro. Wiedersehn.«

Die Dienstmädchen, die sein Vater seither beschäftigte, mußten über vierzig sein und häßlich. Annis Nachfolgerin hieß Hildegard, sah aber ganz anders aus als ihr klangvoller Name verhieß. Zu ihrer Zeit passierte die Sache mit dem Geld.

Wider Erwarten hatte Leo damals doch einen Schlosser gefunden, in Person eines ehemaligen Mitschülers, der wegen völliger Unkenntnis des Lateinischen in der vierten Klasse durchgefallen und in der Folge von seinen nicht sehr begüterten Eltern aus dem Gymnasium entfernt worden war. Es stellte sich heraus, daß der ehemalige Mitschüler als Lehrling in einer Kunstschlosserei beschäftigt war und daß die Kenntnis des Lateinischen zu Spitzenleistungen in einem Spezialfach nicht unbedingt erforderlich ist. Der Mann war als Schlosser eine Kapazität. Er lieferte einen blitzenden, tadellosen Tresorschlüssel, nachdem Leo ihm erklärt hatte, er brauche ihn zur Einsichtnahme in das Testament eines schwerkranken und schwerreichen Großonkels. Es seien da Intrigen im Gange, mit dem Ziel, ihn zu enterben. Als Honorar erhielt der brave Schlosser die ersten gestohlenen fünfzig Schilling.

Leo überschritt auch beim Kassenschrank nicht die Grenze vernünftiger Mäßigung. Er versuchte es anfänglich mit hundert Schilling pro Woche, stellte aber bald fest, daß seinem Vater auch ein Abgang von zwei- bis dreihundert Schilling nicht auffiel. Dabei ließ er's bewenden, bis übergroße Gier und die Notwendigkeit, seine Geldfälscherlegende zu begründen, ihn zu einem Fehltritt verführten.

Er hatte im Gymnasium unter dem Siegel der Verschwiegenheit mitgeteilt, sein Cousin, der Architekt sei – er existierte nicht –, habe eine Geldfälscherwerkstatt und produziere mit ihm zusammen Falsifikate. Zum Beweis zeigte und verschenkte er echte Fünfzigschillingscheine. Später verkaufte er sie um fünfunddreißig Schilling. Die Mitschüler liefen in entlegene Bezirke, um die angeblichen Falsifikate zu wechseln. Es war ein interessantes Abenteuer, und für einige Wochen war Leo der Mittelpunkt der Klasse. Eines Tages verlangten die Mitschüler, die Werkstatt zu sehen. Eine Zeitlang konnte Leo die Neugierigen vertrösten, dann mußte er ihrem Drängen nachgeben, führte sie in das Arbeitszimmer seines Vaters, das er in aller Eile halb verdunkelt hatte, und zeigte ihnen einen alten Vervielfältigungsapparat. Ihr Wortführer nickte und schien befriedigt, am nächsten Tag aber erklärte er, Leos Fünfzigschillingscheine seien falsche Fälschungen, sie seien goldecht, und Leo sei der größte Idiot, der ihm je untergekommen sei. Er habe ihm einen alten Vervielfältigungsapparat als Stanze aufschwatzen wollen.

Diese Niederlage mußte Leo überbrücken. Er beschloß, von nun an mit Geld nur so um sich zu werfen, um sein Prestige als zwielichtige Erscheinung neu zu festigen. Er stahl seinem Vater tausend Schilling.

Hier erwies sich, daß Leo die arithmetischen Künste seines Vaters zu niedrig eingeschätzt hatte. Einen Tag hindurch zeigte Dr. Heymerle eine finstere und nachdenkliche Miene – die aber ebensogut auf ein negativ abgelaufenes Festessen zurückzuführen sein konnte –, und von Sonntag auf Montag fand er in Leos Bett bei einer nächtlichen Razzia den Rest von dreihundert Schilling. Er bearbeitete den überraschten Sohn mit nervigen Boxhieben, die Leo dem kleinen, dicklichen Herrn niemals zugetraut hätte. Drei Tage lang schwebte Leo zwischen Begnadigung und Internat. Dann wurde sein Taschengeld erhöht, und das Dienstmädchen Hildegard, das die nächtliche Prügelei mit angehört hatte, wurde entlassen.

Das Schlüsselgeheimnis hatte Leo aber nicht verraten. Noch unter den Boxhieben des Vaters hatte er behauptet, der Vater habe die Geldschranktür einmal versehentlich offenstehen lassen, und Dr. Heymerle hatte sich damit zufriedengeben müssen, da er keine andere Erklärung gefunden hatte. Daher seine große Wut, aber auch die Verzeihung (Vorschubleistung zum Diebstahl durch Offenlassen der Geldschranktür). Leos Vater war ein Logiker und ein Humanist.

Das Duplikat seines Geldschrankschlüssels konnte er übrigens beim besten Willen nicht finden. Es war zwischen dem Betteinsatz und den Brettern seines eigenen Betts versteckt, und da die Wohnung nur dreimal im Jahr gründlichgemacht wurde – zu Weihnachten, zu Ostern und vor den großen Ferien im Juni –, konnte Leo mit der Unauffindbarkeit des wichtigen Utensils fest rechnen. Hätte er nur auch die gestohlenen Fünfzigschillingscheine im Bett des Vaters versteckt! Aber das konnte er nicht, er mußte sie morgens ins Gymnasium mitnehmen, um damit zu prahlen, und morgens hatte er keine Gelegenheit, den Einsatz im Bett des Vaters zu heben. Einige Wochen nach der Entlarvung stahl er überhaupt nichts. Dann begann er vorsichtig mit kleineren Summen. Mit der Zeit wagte er sich wieder zur Zweihundertschillinggrenze. Brauchte er einmal eine größere Summe, zum Beispiel wenn ihn Klassengrößen anpumpten, dann tat er alles, das Geld bis Samstagmittag dem unerbittlichen Kassenschrank wieder zu erstatten. Konnte er auf keine andere Weise zu Geld kommen, dann verkaufte er ein paar Bücher. Als die Buchreihen sich schon bedenklich gelichtet hatten, sägte er das oberste Fach des eichenen Regals ab und verkaufte es einer Wäscherin als Brennholz. Sein Vater bemerkte es nicht. Er fand selten Zeit zur Lektüre.

Aber Leo hatte Zeit. Er kam aus dem Gymnasium und setzte sich an den Küchentisch; dahin war er verbannt, wenn der Vater nicht zu Hause war. Er stemmte die Ellbogen auf und sah finster auf das Dienstmädchen Katharina, eine Vierzigerin mit großem Busen und mächtigen Hüften. Ihr schäbiges Kleid verschlug ihm jede Begehrlichkeit.

Aus Rache schlang er die Suppe ganz heiß hinunter, bis ihm der Magen wehtat. Das Rindfleisch drehte er unlustig hin und her. Er spießte es auf die Gabel und betrachtete es mit saurer Miene.

»Fett!« sagte er unwirrsch.

»Ihnen schadet es gar nicht, wenn Sie ein bißchen Fett essen, Herr Leo«, sagte das Dienstmädchen.

Frechheit! dachte Leo. So ein Stück schwabbelnde Sulz in

fettigen Kleidern hatte zu schweigen. Was sie sagte, stimmte gar nicht: er war sowieso schon zu dick; zu klein und zu dick. Er klatschte das Fleisch auf den Teller zurück, aß ein paar Bissen von dem schalen, nassen Semmelknödel, stopfte ein paar Gabeln Kohl in den Mund.

Draußen regnete es. Er starrte auf die Wasserfäden, die sich auf dem schmutzigen Buckelpflaster brachen. Das Wasser vermischte sich mit dem Kohlenstaub, den wackere Kohlenträger, als sie ihre Ware durch ein Kellerfenster geschaufelt, hier hinterlassen hatten, zu einer schwarzen, glitschigen Masse.

Dreck, dachte Leo. Der Winter kommt, die Bastarde decken sich mit Brennstoff ein: die Rentner und die Huren, Milchfrauen und Kommerzialräte. Alles hockt im warmen Nest und stinkt. Und sie auch.

Er war heute einem Mädchen begegnet, mit dem er als Kind oft gespielt hatte; damals war sie ein kleines blödes Gassenmädchen gewesen. Einmal hatte sie ihn mit ihrer Federschachtel gegen das Knie geschlagen. Aber er hatte sie geliebt. Und einmal hatte sie das Murmelspiel beendet, indem sie alle Kugeln in ihre Schürze gerafft hatte und davongerannt war. Er war ihr zehn Minuten nachgelaufen; erst hatte er geschrien, dann hatte er keine Luft mehr bekommen, und dann hatte er sie nicht mehr gesehen. Zur Strafe grüßte er sie seither nicht. Für ihn zählte sie zum Pack. Ihr Vater soff und prügelte manchmal die ganze Familie, auch Anni natürlich. Es war ein angenehmes Gefühl, sich vorzustellen, wie ihr Vater sie prügelte und wie sie schrie. Manchmal malte er sich aus, wie es sein würde, wenn sie einander später einmal begegneten, an einem Herbstabend zum Beispiel, wenn er längst Anwalt war.

Da schlenderte er also durch den blauen Abend, hatte ein Halstuch um den Nacken, einen steifen Hut schief aufgesetzt, pfiff melancholisch eine Melodie vor sich hin; vielleicht etwas von Schubert. Um die Lichter bildeten sich milchige Höfe. Er hatte an diesem Tag einen schweren Stand gehabt, hatte einen Gattenmörder verteidigt, und der Staatsanwalt hatte die Todesstrafe beantragt. Leo hatte ein vierstündiges Plädoyer gehalten. Die Geschworenen weinten während seiner Rede. Einer, ein würdiger alter Mann, mußte hinausgeführt werden. Der Gattenmörder, der nur lebenslänglichen Kerker bekam, starrte Leo mit Hasenaugen an und würgte an Dankesworten. »Wir legen trotzdem Berufung ein, lieber Lederer«, sagte Dr. Heymerle II.

Der Kohlenstaub war nun schon ein Brei. Kohlenbrei, dachte Leo. Geben Sie Ihren Kindern früh, mittags und abends je drei Eßlöffel Kohlenbrei. Er klatschte den Löffel in den Kohl, stand auf und stapfte zur Tür.

»Herr Leo?« begann das Dienstmädchen Katharina.

Er schmiß ihr die Tür in die Predigt. Von draußen hörte er sie schimpfen. Verbrannt gehört so was! dachte er.

Er ging ungestüm hinüber ins Arbeitszimmer des Vaters, nahm sich drei Zigaretten, füllte ein Wasserglas zur Hälfte mit Whisky, nahm im Vorbeigehen einen Großoktavband künstlerischer Aktphotos mit. Er sperrte sich ein, saß da, rauchte, nippte, blätterte, starrte auf die Herbstbäume draußen, und es regnete. Die Tropfen klatschten auf das schwarze Holz, ein dreieckiges Ahornblatt segelte schräg in die Tiefe. Er drückte die Zigarette aus, fegte das Album vom Tisch, sprang auf und warf sich aufs Bett, daß es quietschte. Hure! dachte er. Überall zersprang Glas. Gassenfronten, Häuserzeilen, ganze Städte zersprangen. Anni sah ihn mit riesengroßen Augen an. Sie quietschte. Leo! quietschte sie. Ich nehme alles zurück! Aber es war umsonst. Er drückte ihr den Hals zu, drückte und drückte, bis das Quietschen aufhörte.

Er ging planlos im Zimmer umher, stieß mit dem Fuß gegen das Album, das sich im Fallen aufgeblättert hatte, ließ sich ermattet auf den Stuhl fallen, stürzte auf einen Zug den Rest des Whiskys hinunter. Dann sah er lange blind in den weißen Himmel, kam mit einem Mal wieder zu Bewußtsein, sah nachdenklich vor sich hin: ein ernster Mann.

Der Gattenmörder war unschuldig. Alle Gattenmörder sind unschuldig, meine Herren Geschworenen. Denn das Weib muß vernichtet werden.

»Zumindest dieses«, sagte er laut. Dann zündete er sich zufrieden eine frische Zigarette an. Er nahm ein blütenweißes Blatt Papier, zog das Album an sich heran, legte das Papier drauf, schob es sorgfältig zurecht, nahm einen scharf gespitzten Bleistift und schrieb mit Blockbuchstaben:

Plan

a) zur Ermordung Annis.

b) Alibi:

ad a: ethische Rechtfertigung meines Vorhabens.

Darunter ließ er zwei Zeilen frei. Dann schrieb er:

Datum und Ablauf der Ereignisse:

Wieder zwei Zeilen.

ad b: Mitwisser?

Er überlegte eine Welle, dann erschien ihm das Ganze als Unsinn. Er zerknüllte das Papier und warf es auf den Fußboden. Darauf ging er hinüber ins Arbeitszimmer des Vaters, füllte sein Glas frisch, obwohl ihm von dem Whisky schon etwas übel war, sperrte sich wieder ein, setzte sich mit dem Blick auf die nassen Bäume an den Tisch, nahm einen ganzen Stoß blütenweißen Papiers und kalligraphierte:

Aphorismen

Darunter: *Von Leo Heymerle.*

Er sah nachdenklich auf, rülpste, überlegte, ob er sich erbrechen sollte, trank dann aber statt dessen noch einen Schluck, beugte sich blitzschnell über das Papier und schmierte den Satz hin:

»Zu wenig macht mich krank, genug ist mir zu wenig, zu viel verursacht mir Übelkeit; ich möchte lieber speien als hungrig sein; sobald ich speie, möchte ich lieber hungrig sein; wenn ich genug habe, könnte ich noch eine Kleinigkeit vertragen: man kennt sich nicht recht aus mit mir.«

Er warf den Bleistift weg und hüpfte im Zimmer umher. Er rannte zurück und las die Zeilen laut.

»Großartig!« schrie er. »Echt Heymerle!«

Es dunkelte. Er hockte mit wirrem Schädel auf dem Bett. Am Fußende des Betts lagen teilweise aufgeschlagen ein Dutzend Bücher verstreut. Vor zehn Minuten hatte das Dienstmädchen Katharina an der Tür gekratzt und gesagt:

»Der Herr Doktor ist schon da. In zehn Minuten wird gegessen.«

»Schon gut«, hatte Leo geknurrt.

Er legte den Roman weg, in dem er geblättert hatte. Dann beugte er sich über den Tisch und las, was er geschrieben hatte:

Annis Ende. Roman.

Der Roman begann damit, daß ein berühmter Anwalt eines Abends in seinem Arbeitszimmer sitzt und daß plötzlich in höchster Aufregung ein bildhübsches blondes Mädchen bei ihm erscheint. Der Anwalt kennt dieses Mädchen. Sie hat ihm einmal etwas Fürchterliches angetan. Was, würde sich im Lauf der Erzählung noch herausstellen. Nun schwankt er zwischen der Pflicht, ihr zu helfen, und dem Bedürfnis, sie zu vernichten. Der Anwalt erinnert sich daran, wie er lange Tage hindurch im Fenster gelegen ist und darauf gewartet hat, daß dieses Mädchen an seinem Haus vorbeigehe. Sie wohnt nämlich in seiner Gasse. Die beiden sind Jugendfreunde. Sie haben einander geliebt. Und das Mädchen hat ihn verraten. Er ist im Fenster gelegen und hat auf ihr Erscheinen gelauert; dabei hat er nicht gewußt, ob er aus Liebe so ungeduldig gewesen ist, sie zu erblicken, oder aus Haß.

Leo war gerade dabei, die widerstrebenden Gedanken des berühmten Anwalts zu schildern. Der Anwalt hatte die Anwandlung, dem Mädchen nachzuschleichen. Warum? Wollte er sie umarmen oder ermorden? Es war Leo klar, daß die Beantwortung dieser Frage für den Schluß des Romans aufgespart werden mußte.

»Leo!« sagte sein Vater aus dem Nebenzimmer.

So gehen die Halunken mit einem Dichter um! dachte er ergrimmt.

»Leo!« schrie sein Vater. »Wasch dir die Hände und komm essen!«

»Ich komme!« schrie Leo voll Wut.

Das Dienstmädchen Katharina kratzte an der Tür.

»Herr Leo?« sang sie klagend.

»Aber an meinem Grab werdet ihr schluchzen!« sagte Leo vor sich hin und schluckte ein bißchen bitteren Speichel.

Er hatte diesen angefangenen Roman längst vergessen, als ihm die Blätter beim Herumstöbern in die Hände fielen. Zu jener Zeit war es Frühling, und das Dienstmädchen Katharina war längst nicht mehr da. Der Vater hatte sie kurz vor Weihnachten aus unbekannten Gründen entlassen. Vielleicht war ihm ihr schmieriges Kleid als zu wenig festlich erschienen. Er mußte in seiner Vorweihnachtsstimmung auch das Prinzip vergessen haben, nur Dienstmädchen anzustellen, die über vierzig und häßlich waren, denn auf Katharina folgte das schöne, starke und stets etwas verschwitzte Dienstmädchen Trude. Leider dauerte es auch mit ihr nicht lange, denn kurz nach Ostern wurde sie vom Vater gefeuert, weil sie ihm ein Paar nach Maß gemachte Schuhe gestohlen hatte (alle seine Schuhe waren nach Maß gemacht) – gestohlen für ihren Geliebten, wie der Vater behauptete. Damals aß Leo im Restaurant und rief den Kellner schon mit Vornamen (er hieß Franz), verschmähte die Zweiliterkanne Malzkaffee, den eine alte Bedienerin, die zweimal wöchentlich kam, für ihn vorkochte (Brot, Butter und Kondensmilch standen in der Küchenkredenz, und der Vater frühstückte im Café), durchstöberte Prozeßakten, vorwiegend Scheidungsprozesse, und fürchtete sich ein bißchen in der leeren Wohnung mit der dumpfigen, eingesperrten Luft, den knarrenden Türen, der Verlassenheit des Mädchenzimmers, in dem noch immer die Kastentüren offenstanden und auf dessen Fußboden sich ein vergessener Strumpf schlängelte. Und dann wartete er auf die Blaue.

Er konnte sich nicht erinnern, wann er sie zum ersten Mal gesehen hatte oder wann sie ihm zum ersten Mal aufgefallen war. Er wußte nur, daß er schon vor langer Zeit oft Stunden hindurch auf Küchentisch und Fensterbrett gelegen war, ganz konzentriert, damit er ihr flüchtiges Vorübergehen nicht versäumte. Und als ihm an einem Tag im Juni die zerknitterten Blätter seines Romans »Annis Ende« in die Hand fielen, stellte er fest, daß es schon gewesen sein mußte, bevor er dieses Fragment geschrieben hatte. Denn die Situation, die er in dem Roman geschildert hatte, dieses Im-Fenster-Liegen und Hinunterstarren, war nicht die Situation, in der er sich Anni gegenüber befunden hatte. Nie war er im Fenster gelegen, um Anni zu beobachten. Die wohnte in einer anderen Gasse. Die ging nie hier vorbei.

Dann machte er sich klar, daß jener mordgierige Anwalt keinesfalls mit ihm identisch sein konnte. Er hatte zwar gemeint, sich darzustellen, aber er hatte sich, ohne es zu bedenken, maskiert, schlechter gemacht als er war, damit man ihn nicht erkannte. Wenn diese Blätter dem Vater in die Hand fielen, dem Vater mit seinem selbstgefälligen Schmunzeln! Oder wenn das Dienstmädchen Trude sie erwischt hätte! Beim Staubwischen. Was schreibt er denn da, der Herr Leo? Annis Ende? Einen Roman? Schrecklicher Gedanke! Sie hätte ihn sicher furchtbar ausgelacht. Die Blätter hätte sie in die Mistkiste geworfen und dann mit allen Abfällen in den Coloniakübel geleert. Auch die Bedienerin konnte ihm das einmal antun. Dann kam eine Nachbarin, die ihre Rübenblätter wegwerfen wollte; sie öffnete den Coloniakübel, sah die beschriebenen Blätter, wunderte sich, zog eins heraus. Annis Ende ... wer kann denn das geschrieben haben? Das kann nur der Herr Leo gewesen sein. Lustig! Sie fischt alle Blätter heraus, ordnet sie, trägt sie in ihre Wohnung. Während sie die Rübensuppe umrührt, liest sie. Eine Liebesgeschichte! Leo schämte sich bei dem Gedanken, daß er schon damals die Blaue beobachtet hatte. Die wohnte in seiner Gasse. Die ging jeden Tag vorbei. Und er hatte keinen Tag Ruhe gehabt, ehe er sie nicht gesehen hatte: ihr helles Haar und ihren stolzen Schritt. Jeden Augenblick bereit zurückzuzucken. Wenn sie einmal aufblickte. Und lachte. Und zu seinem Vater ging. Ich verbitte mir solche Belästigungen durch Ihren Sohn, Herr Doktor.

Und er wurde geholt und mußte gestehen, daß er sie liebte, und die beiden lachten und trennten sich als gute Freunde.

Und sie wurde seine Stiefmutter.

Leo zündete sich eine Zigarette an und trank einen Schluck Whisky.

»Gemach, gemach« sagt er beruhigend. Er hatte eine schöne, warme, kräftige Stimme.

Warum er sie bei sich die Blaue nannte, war ihm so klar, daß er nie darüber nachdachte. Sie hieß die Blaue, weil er sie sich immer in einem blauen Kostüm dachte, mit einem engen Rock, in dem man ihre Schritte sah, und mit einem Kragen, auf dem ihr Haar tanzte. Er mußte sie einmal so gesehen haben.

Sie kam aus dem Haus gegenüber, ganz unerwartet geschah das, wie fest er auch damit gerechnet hatte. Sie sah nicht links und sah nicht rechts, sondern ging schnurgerade über den Gehsteig, defilierte dreißig, vierzig Meter an ihm vorbei. Das war lange genug, um sie zu betrachten. Sie trug ihren Kopf hoch; wieso sie niemals stolperte, war ihm ein Rätsel, denn sie sah nicht auf den Weg; und da sie ihren Kopf so hoch trug, sah man, wie der Hals aus dem Kragen wuchs, sah ihn in seiner ganzen weißen Schlankheit. Und ihre Brüste trug sie vor sich her wie ein Geschenk. Wie sich nur alles an ihr bewegte! Von den Knöcheln aufwärts bis zu den Schultern, und von da zu den gebräunten Handgelenken; an dem, das ihm zugewandt war, trug sie eine kleine, schwarzglänzende Handtasche, manchmal auch eine silbergraue, und mitunter einen Schirm. Meist trug sie Handschuhe. Und zu ihm hinauf sah sie niemals. Natürlich war trotzdem Vorsicht geboten. Vielleicht sah sie ihn aus den Augenwinkeln. Er wußte gar nicht, was sie für Augen hatte, denn er sah ihre Augen immer nur, wenn sie aus dem Haustor trat, nicht einmal eine Sekunde lang und nur von weitem. Aber er stellte sie sich blaugrau vor. Ja, sie war ein bißchen größer als er und wahrscheinlich auch ein hübsches Stück älter. Aber was spielte das für eine Rolle? Er hatte neulich einmal gelesen, daß ein Neunzehnjähriger eine Zweiundvierzigjährige geheiratet hatte. Und die war gelähmt. Aber die Blaue war alles andere als gelähmt. Wenn sie um die Ecke verschwand – das geschah, wenn sie ihr Defilee beendet hatte –, dann tat sie das mit einer leicht energischen Drehung, mit einem Schlenkern des Schirms und der Handtasche – übel konnte einem werden von dieser Bewegung.

Es war ein schwüler Tag, und in der Prüfung aus Naturgeschichte hatte er ein Nichtgenügend erhalten. Er kam vom Essen heim und warf sich auf sein Bett. Er wälzte sich ein paarmal hin und her und grunzte vor Unbehagen. Es war alles so trostlos, daß er einschlief. Als er erwachte, war er ganz verschwitzt. Es war ein sehr schwüler Tag.

Er tappte den gewohnten Weg ins Arbeitszimmer, mit mißmutig vorgewölbten Lippen. Aber unterwegs blieb er stehen, gerade vor dem Fenster. Der Himmel war so blau, daß er erstaunte, und vor dem Fenster wippte ein voll ergrünter Baum.

Er hatte die Anwandlung, in den Park zu gehen, zwischen Spaziergängern zu verschwinden, sich auf eine Bank zu setzen, den Mädchen zuzuschauen, wie sie vorübergingen und lachten und sich wichtig miteinander unterhielten, und eine Kleine, Schüchterne setzte sich sacht auf seine Bank.

Er marschierte ins Mädchenzimmer und schloß die Tür hinter sich. Er berührte die Kastentür und ließ sie sich knarrend hin und her bewegen. Er betrachtete den sich schlängelnden Strumpf. Er hütete sich immer draufzutreten und hielt sich auch jetzt in einiger Entfernung. Der mattglänzende Strumpf hatte etwas so merkwürdig Lebendiges; er mußte Trude aus dem Koffer gerutscht sein, als sie puterrot vor Eile und Scham zusammengepackt und für immer die Tür hinter sich zugeschlagen hatte, das schöne, starke, immer etwas verschwitzte, diebische Dienstmädchen Trude. Eigentlich war es schade um sie. Manchmal hatte sie spaßeshalber mit Leo gerauft, und wenn er sie an den Brüsten erwischt hatte oder an den Innenflächen der Schenkel, hatte sie lustvoll gekreischt. Und er sah sie noch, mit zerrauftem Haar, wie sie keuchend gesagt hatte: »Jetzt ist's genug.« Dann hatte sie sich schnaufend gekämmt, gegrinst, ihm gedroht und die Brust gereckt. Warum verdarb sie das alles, indem sie die nach Maß gemachten Schuhe stahl? Und immer hatte sie sich bluffen lassen, wenn sie sich in ihrem Kabinett umgezogen hatte, er in die Küche geschlichen war und plötzlich aus Leibeskräften geschrien hatte: »Trude! Die Milch kocht über!« Dann war sie herausgestürzt, meist nur sehr unvollständig bekleidet, und er war fluchtbereit in der offenen Tür gestanden, hatte sie gierig betrachtet und schallend gelacht. Es war schade um sie.

Er trat auf das abgezogene Bett zu, setzte sich drauf und probierte, wie die Matratzen federten. Die Matratzen rochen nach uraltem Heu.

Er ging in die Küche, öffnete das Fenster und legte sich auf den Küchentisch; er stützte die Ellbogen auf das Fensterbrett und ließ seinen Kopf mit einer gewissen Erleichterung in die Handteller sinken. Die Ohren ruhten auf den Handballen, sie fühlten sich warm und erfreulich an, und die Finger spielten auf dem Hinterkopf Klavier. Das Haar war steif vom kalten Wasser, mit dem er es jeden Morgen behandelte, damit es sich glatt an seinen Kopf legte.

So lag er in großer Höhe auf der Lauer. Unten flimmerte der Asphalt, und eine kleine Frau mit unordentlichen grauen Haaren kroch schräg über die Fahrbahn. Zum Kartoffelschälen! kommandierte Leo. Er war Kapitän eines großen Schiffs und hatte die Leute einzuteilen. Drei Burschen jagten hintereinander auf blitzenden Fahrrädern über die Straße. Dabei stießen sie ein Indianergeheul aus. Offenbar kamen sie sich sehr wichtig vor. Verhaften! befahl Leo. Drei Tage Kohlenschaufeln. Kein Wasser. Die Räder vor ihren Augen in kleine Stücke zerschlagen und ins Meer werfen. Die drei Burschen verschwanden johlend um die Ecke. Dann war die Straße leer. Sie lag da und wartete, während sich die Leute in ihre Häuser verkrochen hatten. Nun mußte fernes Brummen ertönen: leise und gefährlich. Es mußte langsam näherkommen, anschwellen, langsam, langsam, bis zu betäubendem Gerassel. Dann erschien der erste Panzer. Seine Ketten knirschten auf der Asphaltdecke, zermahlten die Straßen. Das lange Geschützrohr, das geradeaus zeigte, vibrierte. In der offenen Luke stand Leo. Er war Kommandant. Er sah weder rechts noch links. Er war hoch aufgerichtet. Um seinen Mund spielte ein verächtliches Lächeln. Die Banditen wagen keinen Widerstand! meldete der Funker unten in der heißen Stahlkammer. Vorsicht, Kommandant! rief er besorgt zu Leo hinauf. Der General rechnet mit einem Hinterhalt! Aber Leo antwortete nicht. Er blieb oben stehen und sah kühl in die Ferne. Feuer. Bomben. Flieger kreuzen die Dächer. Die Fahrzeuge ineinander verkeilt. Leo mitten im Getümmel. Er sinkt schwer verwundet auf zehn Paar hilfreich vorgestreckte Hände. Vorwärts, Kinder, vernichtet sie! Kümmert euch nicht um mich. Eine Krankenschwester küßt ihm weinend die Hände. Lassen Sie doch, Schwester. Ich habe nichts getan als meine Pflicht.

Eigentlich ist das fad, dachte er, so ein Krieg. Siegen oder geschlagen werden, und ob das eine ist oder das andere, es ist doch immer dasselbe. Also kein Krieg. Filmregisseur. Hundert Statistinnen haben sich gemeldet, aber nur eine kann man nehmen. Also nehmen wir uns die Damen vor. Herein mit der ersten. Was können Sie? Gut, tanzen Sie. Sie wirft die Beine, schaut ihn kokett an, stolpert vor Aufregung. So können Sie sich ja nicht bewegen, ziehen Sie sich den Rock aus. Sie stutzt, errötet, gehorcht. In einer dunklen Ecke. Verschämt. Dann kommt sie heraus wie das Dienstmädchen Trude, wirft die Beine, zwei Minuten, fünf Minuten, keucht, schwitzt, blickt flehend zu ihm auf. Leider, Fräulein. Das ist nichts. Wir brauchen Sie nicht. Hinaus. Aber Herr Regisseur! Marsch hinaus!

Er ging sie durch, alle hundert. Er spürte, wie seine Ohren heiß wurden. Der Asphalt flimmerte immer stärker. Nahe unter der Oberfläche seiner uferlosen Phantasien lauerte die Erkenntnis, daß auch das langweilig war, fruchtlos, immer dasselbe.

Dann kam die Blaue. Das war etwas anderes. Es war zu sehen und doch ungreifbar. Es war unberechenbar. Es war wirklich.

Die Blaue trug heute keine Jacke, sondern eine leichte Bluse aus hellblauer Seide, dazu einen dunkelblauen Rock mit weißem Gürtel. Auch ihre Handtasche war weiß, und sie trug weiße Schuhe. Immer war sie anders. Aber ihr Blick war derselbe, nicht nach links und nicht nach rechts, und ihr Gang war derselbe, taktfest, schnurgerade. Leo rutschte ein Stück tiefer, nahm die Ellbogen vom Fensterbrett, stieß den Tisch weg und ging in die Hocke, so daß er nur von der Nasenspitze aufwärts sichtbar war.

Aber entgehen ließ er sich nichts. Er sah, wie sie leicht die Tasche schlenkerte, sah, wie ihre Brüste sich bewegten, sah, wie sie sich einmal mit dem Handschuh an die Schläfe fuhr – vielleicht hatte sie da eine Klammer, aber das glaubte er eigentlich nicht, denn ihr Haar tanzte, es tanzte wirklich, in demselben Takt, in dem sie die Absätze leicht und kurz aufs Pflaster knallen ließ, im Takt der gehobenen Knie, im Takt der anmutigen Bewegungen des Mittelstücks, das er sich am liebsten ausgeschnitten und aufgehoben hätte. Aber dann wäre es ja wieder bewegungslos gewesen, tot, wie seine Phantasien.

Als die Blaue gerade vor ihm war, fünf Meter entfernt und sieben, acht Meter unter ihm, geschah etwas Schreckliches: Sie wandte ihm plötzlich ihr Gesicht zu, ein fremdes und doch wissendes Gesicht, und sah ihn an. Er wußte nicht, wie sie auf seinen Anblick reagierte, denn er plumpste auf den Fußboden und preßte seine Stirn gegen die kühle Wand. Sie hat mich gesehen! dachte er voll Schrecken. Jetzt hat sie mich gesehen!

Er wagte die Augen nicht zu öffnen, atmete ganz vorsichtig. Gleich wird es läuten! dachte er, und dann dachte er an ihre Augen. Sie hatte wirklich einen blaugrauen Blick, kühl und seelenruhig, und ihr Gesicht war von vorn ganz anders als im Profil, viel lebendiger und noch viel, viel schöner.

Er wartete zehn Minuten auf das Läuten, und ihm wurde heiß und kalt. Was werde ich sagen? überlegte er. Mein Vater ist nicht zu Hause. Sie irren sich, das war nicht ich. Man wird doch noch aus dem Fenster schauen dürfen. Kommen Sie weiter, gnädige Frau.

Er war abwechselnd feig und tapfer, ein Lausbub und ein Kavalier, hündisch und voll Bravour. Aber seine Aufregung war umsonst, denn kein Mensch läutete.

Das war in grauer Vorzeit geschehen, und trotzdem fiel es Leo manchmal ein, dann nämlich, wenn er auf dem Bett lag und vergeblich versuchte, an etwas Angenehmes zu denken: wenn Gefahr zu befürchten stand; wenn ihm etwas mißlungen war; wenn ein goldener Traum zu schäbigen Resten herabsank.

Es fiel ihm ein: Er ging mit seinem Vater und mit seiner Mutter im Türkenschanzpark spazieren. Er war sechs oder sieben Jahre alt. An der linken Hand hielt ihn sein Vater. Er hatte einen grauen Lederhandschuh an, der war rauh. An der rechten Hand hielt ihn seine Mutter, die hatte einen schwarzen Lederhandschuh an, der war glatt, aber am Handrücken war er gerippt. Sein Vater hielt ihn lose, seine Mutter hielt ihn fest, so ging er spazieren.

Aber er ging gar nicht selbst spazieren, er wurde geführt. Er hatte nicht die Absicht gehabt spazierenzugehen. Seine Mutter hatte ihn vom Spieltisch hochgerissen und ihm das Gesicht mit einem kalten Lappen abgerieben. Er hatte die Augen ganz fest zugemacht und die Prozedur über sich ergehen lassen. Sie hatte seine Hände gepackt und auch sie abgerieben. Sie hatte ihm den Pullover über den Kopf gestreift und dabei fast die Vase weggerissen; dann das Hemd. Er hatte geschrien und gezittert. Da hatte sie ihm Hose und Strümpfe abgestreift. Während sie ihm die Schuhe aufknöpfte, hatte sie düstere Beschwörungen gezischt. Dann hatte sie ihn in steife, kratzende Wäsche gepackt, hatte ihm eine Masche umgebunden, die Haare gebürstet – der Matrosenanzug, ja, der gräßliche Matrosenanzug!

Er ging still zwischen seinen Eltern dahin. Den Kopf hielt er meist gesenkt. Unter ihm war knirschender Kies. Zuerst war es lustig, mit den Schuhen ein scharrendes Geräusch hervorzubringen, dann wurde es langweilig. Schließlich verbot es ihm die Mutter, und der Vater ließ ein beifälliges Gemurmel hören; da war ihm das Scharren ganz und gar verleidet.

Sie kamen an einem weißen Denkmal vorbei, ein Mann in steinernem Frack stand da, sah steif über alles hinweg, hielt eine Hand im Aufschlag des Fracks verborgen. Unnötig zu fragen, wer der Kerl war, wozu er dastand. An einem früheren Sonntag hatte ihm der Vater stundenlang Denkmäler erklärt. Es war nicht auszuhalten gewesen. Leo hatte sehnsüchtig nach größeren Kindern Ausschau gehalten, die niemand an der Hand hielt und denen niemand etwas einzureden versuchte, und er hatte sich von all den Erklärungen nichts gemerkt.

Die Eltern unterhielten sich:

»Über kurz oder lang bestimmt«, sagte der Vater.

»Ich versteh' nicht, warum solche Leute sich erst jahrelang miteinander quälen«, sagte Mutter.

Der Vater stieß die Luft durch die Nase aus. Das konnte ein Zeichen von Unwillen sein, aber auch von Zustimmung. Die Mutter nörgelte weiter. Sie konnte nie aufhören zu nörgeln.

»So vermögend sind ihre Eltern auch wieder nicht«, sagte sie. Dann sagte sie irgend etwas von Hypotheken, dann stellte sie eine Frage, die der Vater nicht beantwortete. Er machte nur ein leicht knallendes Geräusch mit den Lippen.

»Und ist sie vielleicht eine Schönheit? Gut, das Gesicht. Aber die Figur? Hast du dir einmal ihre Figur angesehen?«

Figur! dachte Leo. Figur. Figur. Er dachte an die vergoldete Gipsstatue im Wohnzimmer. Es gab aber auch Holzfiguren, die waren einst bunt bemalt, jetzt aber waren sie verblaßt; sie standen in der Auslage des Geschäfts in der stinkenden Seitengasse. In dieser Auslage waren auch Kochlöffel und Körbe zu sehen und ein schmutziger Kinderwagen.

»Nach allen Regeln der Kunst hat sie ihn eingefangen«, sagte die Mutter.

Der Vater aber sagte gar nichts.

»Wirst du ihre Vertretung übernehmen?« fragte die Mutter.

»Keine Ahnung.«

»Laß dir einen Vorschuß geben«, sagte die Mutter. »Wenn du dir keinen Vorschuß geben läßt, siehst du nie mehr einen Groschen.«

»Ich kann von ihnen keinen Vorschuß verlangen, wo wir seit Jahren mit der Familie befreundet sind«, sagte der Vater.

»Hat sie ihn betrogen oder nicht? Natürlich hat sie ihn betrogen. Er wird es beweisen können, da kenne ich Hermann gut genug. Er läßt sich nicht auf einen Prozeß ein, wenn er nichts beweisen kann. Dann geht es auf ihr Verschulden, und wenn sie einmal verloren hat, siehst du nie mehr einen Groschen.«

»Ich glaube, ich werde ihn vertreten«, sagte Leos Vater.

»Unmöglich!« rief die Mutter und zerrte an Leos Hand. »Sie ist doch meine Freundin! Wie stehe ich da, wenn du ihm hilfst anstatt ihr? Sie wird mir die Tür einrennen!«

»Bisher war von einem Prozeß noch gar nicht die Rede. Ich glaube, du weißt nicht, wie lange solche Prozesse jetzt dauern?«

Darauf sagte die Mutter nichts. Sie ließ auch Leos Hand in Ruhe. Er betrachtete den Rasen, der mit niedrigen Holzgewinden eingefaßt war. Auf dem Rasen standen seltsame Gewächse, und neben jedem war eine kleine, hölzerne Tafel angebracht, auf die mit schwarzen Tuschbuchstaben unleserliche Wörter gemalt waren. Die Pflanzen sahen aus wie verstaubt.

Leo fiel ein, daß er hier schon einmal gewesen war. Damals waren seine Eltern mit ihm in ein Kaffeehaus gegangen, und sie hatten sich im Garten auf Korbstühlen niedergelassen. Dann hatte er Kakao getrunken.

»Vielleicht ist es besser«, begann Leos Mutter nach einer Weile, »du läßt überhaupt die Finger von der Sache. Sonst kommt nur Streit heraus.«

»Bisher ist noch keiner von beiden an mich herangetreten.«

»Aber wenn es soweit ist. Ihn kannst du nicht vertreten, weil sie mir das übelnehmen würde, und sie wird nicht zahlen. Du wirst sicher eine Ausrede finden. Du bist einfach überlastet. Du bist doch wirklich überlastet.«

»Ja«, sagte Leos Vater.

»Na siehst du. So gehst du allen Komplikationen aus dem Weg. Er ist ein einsichtiger Mensch, er wird Verständnis dafür haben. Und mit ihr werde ich reden.«

»Tu das«, sagte Leos Vater. »Aber bisher hat noch keins von beiden etwas gesagt.«

»Ein Blinder sieht das«, sagte die Mutter überzeugt.

Ein Blinder sieht das? dachte Leo. Er stellte sich vor, wie ein Blinder sich anstrengte, etwas zu sehen. Der Mann beugte sich vor, und die Augen quollen ihm heraus. Oder ein Stummer wollte etwas sagen. Er würgte und wurde ganz rot im Gesicht, wie neulich der Vater, abends, im Schlafzimmer, als er so gebrüllt hatte, und die Mutter hatte sich über das Bett geworfen, in ihrem schönen Kostüm, und hatte geschluchzt. Da hatte der Vater die Tür zugeknallt.

Leo hatte einen ganz trockenen Hals. Wann gehen wir endlich Kakao trinken? fragte er sich. Es war jetzt still zwischen den Großen. Sie zogen ihn mit sich die Parkwege entlang, bergauf und bergab, und er hatte keine Ahnung, wohin. Sie verständigten sich nicht durch Worte, sie handelten in schweigender Übereinstimmung. Wenn sie auch manchmal stritten, gegen ihn waren sie einig. Sie waren große, alte Verschwörer, und er war ihnen ausgeliefert. Er hatte neulich einmal geträumt, sie hätten auf dem Parkettboden im Schlafzimmer mit flinken Bewegungen alte Bücher und allerhand Gerümpel aufgehäuft und angezündet, und dann hätten sie ihn auf diesem improvisierten Scheiterhaufen verbrannt.

Leo taten die Füße weh. Jetzt könnten wir uns aber wirklich schon niedersetzen, dachte er. Er sah neidisch auf den alten Mann, der die Beine in den ausgefransten, gestreiften Hosen von sich gestreckt und das aufgequollene, weiße Gesicht der Sonne zugewandt hatte. Daneben übte ein kleines Mädchen Schnurspringen. Sie sah zufrieden geradeaus. Leo sah ihr mit mäßigem Interesse zu. Immer wieder flog die Schnur über ihren Kopf, und wenn sie unter ihren Füßen durchsauste, peitschte sie den Sand. Es war immer dasselbe und überdies keine besondere Attraktion, und Leo wandte seine Aufmerksamkeit den Spaziergängern zu. Eine junge Frau mit verträumtem Gesichtsausdruck schob einen Kinderwagen. Neben ihr ging ein großer, plumper Soldat, der ein finsteres Gesicht machte. Dem ist es genauso fad wie mir, dachte Leo. Mißmutig betrachtete er eine Gruppe alter Damen, die sich langsam über den Kiesweg heranschob.

»Wie kommst du eigentlich darauf, daß sie ihn betrogen hat?« fragte Leos Vater mitten aus der Stille heraus und machte eine leichte Drehung mit seinem ganzen Körper. Der steife, graue Mantel schaukelte vor Leos Augen. »Hat sie dir das gesagt?«

»Gesagt! So etwas merkt man.«

»Oder hat er es dir gesagt?«

»Was meinst du damit?«

»Du hast gesagt, er kann es beweisen.«

»Wenn es wahr ist, kann er es sicher beweisen. Das habe ich gesagt.«

»Du hast ihn doch gestern wieder getroffen.«

Leos Mutter blieb stehen. »Wer sagt das?« rief sie. Leo sah zu ihr auf. Ihr Gesicht wurde plötzlich ganz rot.

»Nicht vor dem Kind«, hörte er den Vater sagen.

Das Kind bin ich, dachte Leo. Das Kind. Das Kind ist Es. Es wird gewaschen und angezogen. Es wird spazierengeführt. Es darf nicht davonlaufen. Es darf sich nicht schmutzig machen. Es muß brav sein. Es wird verkauft. Er mußte plötzlich lachen.

»Warum lachst du denn so blöd?« fragte seine Mutter.

»Ich habe nur gedacht.«

»Er ist ein so gescheites Kind«, sagte seine Mutter. »Immer denkt er. Was hast du denn gedacht, Leo?«

»Das Kind wird verkauft«, sagte Leo und wartete auf das Gelächter des Vaters. Sein Vater lachte immer, wenn er etwas Seltsames sagte, manchmal auch die Mutter. Aber der Vater lachte immer. Der verstand ihn gut.

»Was soll denn das heißen? Was für ein Kind? Ein Kind verkauft man doch nicht!« rief seine Mutter zornig. Der Vater lachte nicht.

»Aber du hast neulich gesagt«, verteidigte sich Leo: »Es wird verkauft.«

»Was wird verkauft?«

»Es. Du hast gesagt: Es wird verkauft.«

»Da habe ich wahrscheinlich ein Grundstück gemeint, du dummes Kind!«

»Du hast gesagt: Es wird verkauft. Ein Kind ist Es.«

Seine Mutter antwortete nicht. Sie gingen weiter. Sie gingen jetzt an einem graugestrichenen Gitter vorbei. Ein großes schwarzhaariges Mädchen kam ihnen entgegen. Sie grinste vor sich hin und wirbelte bei jedem Schritt Staubwolken auf. Sie hatte einen hüpfenden Schritt. Sie war schon sehr groß, vielleicht zwölf. Sie hüpfte und grinste und erzeugte Staubwolken, und niemand schimpfte mit ihr.

»Manchmal denke ich, er ist zu gescheit«, sagte Leos Mutter.

Sein Vater grunzte.

Einmal werde ich auch so groß sein, dachte Leo, und hüpfen und Staub aufwirbeln, und niemand wird mir etwas dreinreden.

»Wie kommst du eigentlich auf die Idee, daß ich Hermann getroffen habe?« fragte seine Mutter.

Leo hörte nicht mehr zu. Ihm war sterbenslangweilig. Sie reden miteinander, als ob ich nicht da wäre, dachte er. Er versuchte, sich nach dem hüpfenden Mädchen umzudrehen, aber seine Mutter zerrte ihn weiter. Sie sprach schon wieder mit dem Vater. Hinter dem Zaun waren giftgrüne Büsche und ein Haus mit geschlossenen Fensterläden. Warum setzen wir uns nicht nieder? dachte Leo. Warum trinken wir keinen Kaffee? Kakao wäre mir noch lieber. Einmal werde ich Kakao trinken können, wann ich will.

Eine alte Frau kam ihnen entgegen. Sie ging gebückt, mit langsam schleifenden Schritten. Sie hatte ein schmutziges

Kopftuch um, darunter sah man unordentliche graue Haare. Sie hatte eine Bluse von verschossenem Gelb an, die war ebenso schmutzig wie das Kopftuch, und einen zerknitterten, dunkelgrauen Rock. Ihre Schuhe waren vielfach gebrochen und grau von Staub. Sie war eigentlich ganz grau, und sie sah Leo aus ihren roten Augen böse an. Dabei schimpfte sie vor sich hin.

Leo wandte schnell den Blick von ihr und sah die lange, stumme, graue Straße hinunter. Einmal werde ich Kakao trinken können, wann ich will, dachte er. Er spürte schon den Geschmack im Mund. Er schlürfte das heiße Getränk schon in sich hinein.

Leo dachte nicht gern an seine Mutter, denn sie war es ja gewesen, die ihn verraten hatte. Sie hatte ihn den Bestien überliefert. Das war im letzten Kriegsjahr geschehen, im Oktober 1944. Damals war er sieben Jahre alt. Sein Vater konnte nichts dafür. Er mußte sich mit seinen Totschlägern und Gattenmördern herumraufen; darum war er in der Stadt geblieben. Er war der ferne Ernährer. Jeden Monat kam eine Postanweisung von ihm, und jede Woche kam ein Brief, Zeichen dafür, daß der Vater unter Flak-Salven und Bombenabwürfen seine Pflicht erfüllte: Raubmörder in mildem Licht erscheinen zu lassen, Entschuldigungsgründe für Diebe und Defraudanten zu konstruieren. Der Vater war ein Held, daran war nicht zu zweifeln. Leo sah ihn oft vor sich: er stand mitten im Bombenhagel und hielt mit ruhiger Stimme ein Plädoyer. Leo wußte damals schon ganz genau, was ein Plädoyer war; er wußte, was Strafaufschub, was ein Haftbefehl, was ein Untersuchungsrichter war. Der Vater hielt, ohne eine Miene zu verziehen, sein Plädoyer, und das Besondere daran war die Nutzlosigkeit seiner Bemühungen, denn alle, die sein Vater verteidigte, wurden verurteilt. Merkwürdigerweise imponierte Leo diese edle Nutzlosigkeit am meisten. Er dachte dann an ein Gedicht, in dem Felix Dahn den unerschütterlichen Haß des Hagen von Tronje besingt und mitteilt, daß jener Hagen bis zuletzt aushielt, »beim Groll, beim Trotz, beim Schwert«, obwohl er wußte, daß er damit alle ins Verderben reißen würde. Allerdings wußte Leo nicht mehr genau, ob er diese seinen Vater betreffenden Gedanken schon damals gefaßt hatte oder erst später, lang nachdem die grimme Kriemhild ihn verraten und er das Nibelungenlied aus anderen Quellen kennengelernt hatte als aus einer verballhornten, für Kinder berechneten Fassung.

Er mußte sich freilich eingestehen, daß seine Mutter ganz anders aussah, als man sich eine Kriemhild vorzustellen pflegt. Sie war klein und schwarz und etwas mollig und vor allem war sie schrecklich empfindlich. Ihre Stimme hatte immer etwas Klagendes. Alle hatten es auf sie abgesehen: die Vermieterin, die sich über die Lärmentwicklung bei den nächtlichen Polsterschlachten, die sie mit Leo ausfocht, beschwerte, die Obstfrau, die im entscheidenden Augenblick keine Äpfel mehr hatte – Leo hatte sich von den grünen Mostäpfeln, die er stahl, Bauchschmerzen geholt, und wenn das Kind Äpfel will, braucht es eben Apfel, aber schöne –, das stets vergrämte Postfräulein, das den Schalter um fünf Minuten zu früh geschlossen hatte, und das, wo die Postanweisung von Papa bestimmt schon da war; der Fährmann, der erklärte, wegen zweier Personen fahre er nicht über die Donau, und die gnädige Frau möchte bitte warten. Leo und seine Mutter wohnten damals in einem Dorf in der Wachau, ja, und natürlich, er hatte nach den Ruinen gefragt, und da hatte seine Mutter Papa geschrieben, er möchte die Nibelungensage schicken, und dann hatte sie ihm abends vorgelesen, und auch Gedichte hatte sie ihm vorgelesen. Sie lagen in Bauernbetten, und über ihnen hing ein Marienbild unter Glas und Rahmen, und die Hausfrau hatte immer Angst um die Vorhänge, seine Mutter aber sagte: Wegen der paar Zigaretten, die ich rauche, dann waschen Sie ihre Vorhänge eben, das wird bezahlt, und zerrissen werden sie schon nicht, mein Sohn ist doch kein Hund.

Wenn es Nacht wurde und draußen ein Wind durchs Donautal strich, dann war er froh, daß er unter dem gelben Licht auf Daunenkissen neben seiner Mutter lag, dann kroch er auch zu ihr, sie war weich und warm und hatte ein seidenes Nachthemd an, und dann fehlte nur noch der Papa, der mitten im Sturm furchtlos seine vergeblichen Plädoyers hielt. Wenn er seine Rede beendet hatte, verbeugte er sich, setzte einen runden steifen Hut auf und ging ruhig aufs Postamt, wo er eine Anweisung aufgab. Dann ging er hinaus in die Nacht.

Leo hatte keine Angst um ihn, er hätte ihn nur gern einmal bei sich gehabt. Es hieß auch immer, nächsten Samstag kommt der Papa, aber der Papa kam nicht, und eines Tages erklärte Leos Mutter, sie müsse kurz nach Wien, und er müsse für ein paar Tage in ein Heim.

Dieses Heim hatte einen Zaun aus Maschengitter, und die Kinder hatten fast alle blau-weiß gestreifte Anzüge an, und meistens gab es Marmelade. Die Weiber, die dort herumwirtschafteten, hießen Tanten. Sie waren alt und häßlich und gemein, am gemeinsten war Tante Frieda, das war die Obertante. Sie saß hinter einem Schreibtisch, und über ihr an der Wand war ein Kreuz. Sie sah einen scharf an und sprach mit Zischlauten, dann gab sie unerwartete Befehle. Das erste, was sie in dem Heim mit ihm machten, war, daß sie ihn in eine Wanne steckten, und ein kleines altes Weib mit schlechten Zähnen seifte ihm flink den Kopf ein. Da wußte er, daß seine Mutter ihn verraten hatte.

Zehn Minuten vorher waren sie noch zusammengewesen, da standen sie am Gittertor, und die stämmige Tante Frieda stand händereibend bei ihnen. »Und sei schön brav«, sagte seine Mutter, »ich werde bald nach dir sehen. Du wirst dich hier sicher wohlfühlen«, und sie wies auf die grauen Tische im Garten, an denen die krätzigen, blau-weiß gestreiften Kinder saßen, um aus blechernen Tellern Kaiserschmarren und Kompott zu löffeln. Dann küßte sie ihn. Es war sehr peinlich, wegen der händereibenden Tante Frieda, und dann war seine Mutter schon draußen und ging das Maschengitter entlang, auf einem holprigen Weg, auf dem sich tiefe Rillen aus getrocknetem Kot gebildet hatten; sie ging sehr schnell, dabei strauchelte sie mit ihren hohen Absätzen und knickte in den Knien ein, und das wirkte lächerlich, und es war das letzte, was er von ihr sah.

Leo saß in einem Kaffeehaus in der Burggasse. Er wußte nicht, wie er in diese Gegend gekommen war, er hatte die Innere Stadt rastlos durchwandert, hatte sich im Volksgarten herumgetrieben und war dann auf der Suche nach einem abgelegenen Café hierhergelangt. Er hatte Angst vor den großen Cafés. Er wollte möglichst allein sein. Freilich hätte er dann auch gleich zu Hause bleiben können, aber an Sonntagen litt es ihn einfach nicht zu Hause. Am Sonntag zu Hause zu bleiben war eine Art vorweggenommenes Sterben.

Er saß da, schlürfte ab und zu von seinem Mokka und sah hinaus in das milde Licht des Nachmittags. Kaum ein Auto fuhr die breite Straße entlang. Spaziergänger schlichen dahin; meist waren es Paare. Ihre Gesichter zeigten mürrische Zufriedenheit. Dafür arbeiten sie die ganze Woche, dachte Leo. Die Tageszeitungen, darunter auch ausländische, die er sich bestellt hatte, lagen unnütz auf einem Stuhl neben ihm. Er hatte darin herumgeblättert; aber er hatte schon von vornherein gewußt, daß ihn nichts sonderlich interessieren würde. Die Illustrierten hätten ihn mehr interessiert, aber er hatte festgestellt, daß es in diesem fast leeren Café nur uralte Illustrierte gab, die er alle schon kannte. So saß er an seinem Fensterplatz und sah gelangweilt auf die Straße.

Alte Weiber lagen in den Fenstern und betrachteten ungeniert die Passanten. Die einen waren ebenso uninteressant wie die anderen. Irgend etwas müßte geschehen, dachte Leo. Ein junger Mann müßte über die Straße rennen und in einer Seitengasse verschwinden. Ein Handtäschchenräuber. Die bestohlene Dame müßte laut jammernd den Herzueilenden ihr Mißgeschick berichten. Hunde müßten kläffend nach allen Seiten ausschwärmen. Ein dicker Polizist müßte keuchend herzueilen. Er war überflüssig. Die Passanten beschimpften ihn. Um irgend etwas zu tun, nahm er eine alte Dame wegen Amtsehrenbeleidigung fest und führte sie in Handschellen ab, während der Dieb schon in einem Taxi saß und seine Beute musterte. Aus einem der schmutzigbraunen und grauen Steinkästen müßten Flammen schlagen. Die Feuerwehrleute kletterten auf der Fassade herum und machten sich wichtig. Nackte Ehepaare segelten durch die Luft und plumpsten in Sprungtücher. Eine Frau warf ihre ganze Wäsche auf die Straße, dann folgten Kochtöpfe, Bilder, die aus ihren Rahmen sprangen, Fauteuils mit Rissen, aus denen Seegras quoll, ein Abendkleid, zuletzt ein Klavier. Sobald es auf dem Pflaster landete, sprangen alle Saiten. Leo konnte sich das jammervolle Geräusch gut vorstellen. Oder ein Wasserrohrbruch. Plötzlich platzten im Parterre sämtliche Fensterscheiben, und rostrote Ströme planschten auf die Straße. Betten, Stühle und Kasten verkeilten sich in den zerbrochenen Fenstern. Dahinter erschienen heulende Gesichter.

Ich werde nach Hause gehen, dachte er, und arbeiten. Das war ein gutes Wort. Es klang wichtig und seriös. Er dachte daran, seine imaginären Abenteuer mit Anni fortzusetzen, jener imaginären Anni, die eigentlich die Blaue war. In einem Augenblick freute er sich darauf, im nächsten Augenblick kam es ihm töricht vor, zwecklos, kindisch. Was war alles Geschreibsel der Welt gegen ein einziges Erlebnis! Jetzt müßte sich die Tür öffnen, und die Blaue müßte im Türrahmen erscheinen. Allein. Und alle Plätze waren belegt – vielleicht kam vorher noch schnell ein Verein, Schachspieler, Veteranen, irgendwelche Leute, die sämtliche Plätze beanspruchten. Nur an seinem Fenstertisch war noch Platz. Die Blaue strich suchend von Tisch zu Tisch, dann kam sie zu ihm und fragte scheu: »Verzeihen Sie, ist hier noch frei?« Und er würde sich gravitätisch erheben und mit einer großen Geste auf die freie Bank deuten.

Dabei wußte er ganz genau, daß er in einer halben Stunde traurig nach Hause pilgern würde. So saß er traurig da und sah auf das traurige Volk, das im schwindenden Licht zu unbekannten Zielen wallfahrtete. Ach nein, die Ziele waren nicht so unbekannt: Aufschnitt mit Bier. Plärrende Kinder, die noch nicht schlafengehen wollen. Ein müdes Ins-Bett-Fallen und die müde Frage: was morgen? mit der stummen Antwort: dasselbe. Übelriechende Gänge. Abgeschabte Möbel. Gebleichte Wände. Dumpfe Betten. Finstere Höfe. Bestaubte Schuhe. Verschwitzte Kleider. Und das war also das ganze Vergnügen.

Das große Kaffeehauszimmer hatte sich nun vollkommen geleert. In der angerauchten gelben Wand waren Sprünge. Die Polstermöbel waren von einem verstaubten Rot. Schräg über Leo ging eine uralte Uhr ihren hinkenden Gang. Die Alte hinter der Theke schien eingeschlafen zu sein. Es war dämmrig. Und nichts geschah.

Den Gashahn aufgedreht

Den Gashahn aufgedreht hat Sonntag nachmittag die sechsundfünfzigjährige Josefine Bednarik. Die Ursache für den Selbstmord ist nicht bekannt.

Wenn ihr Frau Doktor Gerhardt nicht die paar Eier geschenkt hätte, wäre sie wahrscheinlich noch am Leben. So aber kaufte sie einen Liter Rum dazu – eigentlich wollte sie dem kleinen Heinz ein Paar Ski zu Weihnachten kaufen, weil er immer davon faselte und die Eltern bestimmt zu engherzig waren, aber das Geld wäre doch nie zusammengekommen, und die Eier waren zu verlockend. Man hätte auch ein paarmal Eierspeise aus ihnen machen können, aber der Mensch hat ein angeborenes Luxusbedürfnis; wenn es ihm gutgeht, weiß er nicht, wie hoch er die Nase tragen soll, und hat er wenig zu erwarten, ist ihm auch das wenige egal. Frau Josefine Bednarik war es jedenfalls egal.

Werktags hatte sie die Mahlzeiten bei den Gerhardts, und sonntags pantschte sie sich irgend etwas zusammen, so simpel und so brutal, wie sie es sich, als sie noch Köchin war, nie vorgestellt hätte. Sie trieb sonntags absichtlich keinen Aufwand, sie ließ auch das schwarzseidene Kleid in der Kiste; Kasten hatte sie keinen, nur ein Bett, einen Gasrechaud, einen Waschtisch aus Gußeisen, die Kleiderkiste und einen Hocker. Die Wohnung bestand aus einem einzigen Raum. Um sie zu erreichen, brauchte man nur durch den Hausflur zu gehen, am Stiegenhaus vorbei, dann kam man durch eine Tür mit kleinen, roten und blauen Glasscheiben auf den Lichthof, der maß sechs Meter im Quadrat; auf der einen Seite standen jahrein jahraus fünf blecherne Coloniakübel, und auf der anderen Seite war die Tür zur Wohnung der Frau Josefine Bednarik.

Vor ein paar Jahren noch hatte sie sich sonntags manchmal ein Schnitzel gemacht, nach alten Originalrezepten, um die sie tausendmal gefragt worden war, und niemand machte die Schnitzel so gut wie sie. Dann hatte sie das Schwarzseidene aus der Kiste gekramt und sich mit allen Schikanen aufgeputzt. Wenn sie sich aber dann an ihren gußeisernen Waschtisch gesetzt hatte, um das Schnitzel allein zu verzehren, dann hatte sie immer so schrecklich weinen müssen, keinen Bissen heruntergebracht und nur immerfort geweint, daß sie es in Zukunft nicht mehr wagte, sich sonntags etwas Besonderes zu machen.

Das Trinken war sie überhaupt nicht gewöhnt. Früher, als junges Mädel, da hatte sie manchmal in Gesellschaft getrunken. Aber der Alkohol konnte sie anscheinend nicht leiden. Nachher war ihr tagelang kotzübel gewesen. Nur ein Getränk vertrug sie, dabei hatte sie sich nämlich verliebt, zu Silvester 1913, das war der Eierkognak.

Sie war nie verheiratet gewesen, die Frau Bednarik, sie war noch immer ein Fräulein mit ihren sechsundfünfzig Jahren, wie damals, 1913.

Der Eierkognak war fertig, er war ausgezeichnet gelungen, sie nippte daran und freute sich und ging zu ihrer Kiste, was sie sich für immer verboten hatte, nur hatte sie es nicht übers Herz gebracht, sie zu verbrennen, denn es waren nicht nur Kleider drin, sondern auch die Bilder, ihre Bilder und die Briefe – die holte sie heraus.

Da war er, der Dragoner Franz, Für ewig Dein Franz, 31.12.1912, er hatte ein blondes Schnurrbärtchen und Augen, so blau und treu wie Veilchen, und dann versetzten sie ihn nach Galizien. Kein Brief, kein Gruß, nichts als viele Tränen. Nur gut, daß nichts passiert war, sonst wäre sie noch aus dem Dienst geflogen mit ihren siebzehn Jahren. Später war sie vorsichtiger, aber die große Liebe hatte sie sich nicht verwehren können, er hieß Julius und war Tischlergeselle und fesch wie kein zweiter, den haben sie an der Piave begraben. Da war noch eine Feldpostkarte: »Ich bin gesund, es geht mir gut«, die war einen Tag vor dem Unglück aufgegeben. Sein Kamerad, der Paul, hatte es geschrieben. Der hatte sich auch um sie gekümmert, als er 1919 zurückgekommen war. Er war Bautischler, und sie wollten heiraten, zehn Jahre lang, und sie war ihm alle zehn Jahre hindurch treu wie Gold, aber es war kein Geld da, nie war es genug; 1929 wurde es ganz arg, da fand er nicht einmal mehr Gelegenheitsarbeit, so ging er nach Frankreich, weil sie dort Arbeiter suchten, und kam nicht mehr und schrieb nicht mehr, das lange Warten hatte ihn müde gemacht, aber zu essen hatte er ja gehabt, solange er bei ihr gewesen war, so viel hatte sie immer noch unter der Schürze weggetragen.

Jetzt lächelte Frau Josefine Bednarik nicht mehr freudig, sie warf die Briefe von sich und ließ die Tränen rinnen, die sie zu Anfang gar nicht gespürt hatte.

Nach dem Paul war eigentlich nichts mehr gekommen, das war nur noch Spiel gewesen, mit dem Toni, der dann auch hat einrücken müssen und nach Deutschland gekommen ist. Dort hat er sein Herz verloren, an eine Kriegerwitwe, die einen Bauernhof gehabt hat. Der schrieb es ihr wenigstens, der war noch der Anständigste. Und der letzte? Den sie ihr vor drei Jahren weggeholt haben, der Max? Der wollte doch nur einen Unterschlupf haben für seine finsteren Unternehmungen, der Verbrecher. Eigentlich waren sie alle Verbrecher, einer wie der andere, nur daß man es ihnen nicht gleich angesehen hat.

Sie weinte jetzt nicht mehr, es riß sie in wilden Zuckungen hin und her, sie stieß die Flasche um und den Waschtisch, und zertrampelte die Briefe, und dann schluchzte sie wieder, über ihr Bett geworfen, lang und schrecklich. Ich bin doch nur ein Frosch, dachte sie, der immer wieder aufhüpft, aber sie haben ihm ein Bein gebrochen, es wäre besser, man schlüge ihn gleich tot. Dann starrte sie lange vor sich hin, ein paarmal seufzte sie tief auf. Es ist doch alles hin, dachte sie, als sie den Gashahn aufgedreht hatte. Sie legte sich nieder, hielt die Hand vor die Augen und wimmerte. Sie werden mich auf die Psychiatrie bringen, dachte sie.

Als sie endlich in einen Halbschlaf verfiel, der unmerklich tiefer wurde, hatte sie einen wunderlichen Traum. Der Dragoner Franz war aus Galizien zurückgekehrt und stand stramm salutierend in der Küchentür, er hatte noch immer sein blondes Schnurrbärtchen und seine treuen blauen Augen, dann war mit einem Mal auch der fesche Julius da und Paul und Toni und der Max, und sie stritten sich um sie wie um eine Königstochter. Sie aber ging natürlich zu ihrem Franz, denn alte Liebe rostet nicht, und in der Jugendzeit war es doch am schönsten. Zu Anfang wunderte sie sich sehr über ihren Traum, dann wurde sie ganz glücklich dabei, sie konnte ihn aber niemandem erzählen, denn als die Nachbarn, denen der Gasgeruch in die Nase gestiegen war, die Tür einschlugen, war sie schon tot.

Die Stimme

Dr. Morawec sah sich einen Vortrag halten. – Meine Damen und Herren, sagte er. Er trug einen schwarzen Anzug und eine silberngestreifte Krawatte. Er hielt sich mit beiden Händen am Pult – intelligente Hände! flüsterte ein Mädchen in der ersten Reihe. Morawec sah über sie hinweg, starrte auf die weißen Nullen, die sich hinter dem Mädchen zu Haufen ballten, und sagte: Meine Damen und Herren. Natürlich wollen wir alle nichts mehr davon hören. Den meisten von uns ist es damals nicht gutgegangen, und einige haben sich nicht immer ganz tadellos benommen.

Irgend jemand räusperte sich, als er das gesagt hatte, und Morawec fuhr fort zu reden, in leicht gereiztem Ton, mit erhobener Stimme: Es geht uns jetzt besser, wir wollen nicht mehr dran denken, wir benehmen uns auch wieder ganz tadellos, und wir wollen lieber hören, wie es sein wird, wenn es uns noch viel besser geht. Es kann aber sein, daß es uns entgegen unseren Erwartungen eines Tages schlechtgehen wird, so schlecht, daß wir keine Tränen haben werden, unseren Zustand zu beweinen, und was werden wir dann tun? Womit werden wir gerüstet sein, welcher Waffen werden wir uns erinnern, wenn wir unser Gedächtnis vermauert haben? Meine Damen und Herren, wir sollen unser Gedächtnis nicht vermauern, wir sollen es luftig und übersichtlich halten. Ich weiß nicht, ob ich mich verständlich gemacht habe: Ich denke an ein Arsenal, an einen Saal voll blankgeputzter Waffen, deren jede an dem ihr gebührenden Platz hängt, aber ich hätte genausogut sagen können: Meine Damen und Herren, wir sollen nicht vergessen. Nicht einmal die Tiere vergessen ja das Leid, das ihnen widerfahren ist, und ist es denn den Tieren geschehen? Ist es den Steinen geschehen, die nichts spüren und stumm sind?

Ich bitte Sie, diese pathetische Ausdrucksweise zu entschuldigen, aber mir hat sich eben eine Vorstellung aufgedrängt, besser gesagt: ein Bild, das ich oft vor mir sehe: ein gestaltloser Haufen von Morast und Mauerwerk und verfaulenden Substanzen, und dieser Misthaufen ist die Weltgeschichte, wenn wir uns nicht erinnern. Ich habe von den Tieren gesprochen, meine Damen und Herren, ich wollte damit sagen: den Tieren schläft die Erinnerung im Blut an die Leiden selbst ihrer Vorfahren, und der Wind, der von weither kommt, trägt ihnen den Geruch des Unheils zu.

Wir sollen uns erinnern. Das ist ohnehin das einzige, was wir tun können.

Darum will ich Ihnen die Geschichte eines Mannes erzählen, meine Damen und Herren, eines Unteroffiziers, den ich gekannt habe. Er hieß Matthey und war ein noch junger Mann, Student der Medizin. Es ist keine schöne Geschichte, und wer sie nicht hören will, der soll sie nicht hören.

Er hat so schöne Mörderhände, sagte die junge Dame in der ersten Reihe. Morawec aber ließ sich jetzt nicht mehr irritieren. Er trug seine Geschichte den weißen Nullen vor, und es wurde ihm dabei leichter. Zuerst studierte Matthey im Hörsaal, sagte er. Er studierte Berichte und Abbildungen. Dann studierte er im Seziersaal. Nun wurden sie ruhig. Seziersaal, das war, um sie zur Ruhe zu bringen, und Morawec konnte ganz leise fortfahren. Da studierte er Leichen; und dann studierte er, wie es ist, wenn einem der Kehlkopf zerschossen wird. Vielleicht waren es auch die Stimmbänder. Er konnte das nicht wissen. Er wußte nicht viel.

Morawec erzählte, und es war ihm nicht ganz klar, wem er erzählte; ob er die Geschichte nicht etwa sich selbst erzählte; und ob er erzählte, um sich zu erinnern oder um zu vergessen.

Er wußte nicht viel. Er wußte den Himmel und den Weizen, das klebrige Blut auf seinem Bauch und das heiße Blut auf seiner Brust und auf seinen Armen, er wußte, daß es in kleinen Wellen kam, und er wußte, daß diese kleinen Wellen ihn schwächten, jede ein bißchen mehr. Dann sah er Hosen und Stiefel durch das Dickicht der Halme laufen, und einmal sah er seinen Leutnant, der warf sich neben ihm ins Feld, und über sie hin fuhr niedrig Maschinengewehrfeuer. Matthey stützte sich auf beide Ellbogen und konnte sich ein bißchen aufrichten, nicht für lange, aber doch so lange, daß er etwas sagen konnte.

Er sagte: »Herr Leutnant.« Wie er das sagte, das kam ihm seltsam vor und in gewisser Weise unwirklich; darum wiederholte er es nur einmal. Der Leutnant sah aber nicht auf und antwortete auch nicht, sondern rieb sein Gesicht am dichten Grund des Weizenfelds, und dann merkte Matthey, daß er selbst nicht hören konnte, was er sagte. Er räusperte sich, aber er hörte auch kein Räuspern; dann schrie er: »Herr Leutnant! Herr Leutnant!«, aber er hörte auch kein Schreien, und da wußte er, daß er stumm war.

Die Maschinengewehre, die Abschüsse und die Einschläge der Panzerkanonen lärmten genauso wie vorher, und auch die Leute schrien, wie sie vorher geschrien hatten. Nur Mattheys Stimme war ausgeschieden.

Zuletzt hatte er geschrien: »Sie kommen!«

Da hatte er sie nämlich gesehen, wie sie alle auf einmal aus ihren Löchern sprangen und direkt auf ihn zugelaufen kamen, kleine, hellbraune Gestalten; sie wirkten, gegen den blauen Himmel gesehen, lächerlich, wie Schießbudenfiguren, aber das waren sie nicht, sie schossen selbst, im Laufen schossen sie aus ihren klobigen kleinen Maschinenpistolen, wie Heinzelmännchen sahen sie aus auf der grünen Wiese, und ihm schien, als ob sie alle O-Beine hätten, aber dann duckte er seinen Kopf in das Erdloch, denn jetzt fingen auch die Panzerkanonen an zu schießen, alle auf einmal. Allmählich hörte er, wie seine Kameraden sich aus ihren Löchern davonmachten, er dachte: Sie werden mich in meinem Loch massakrieren, und so machte er sich auch davon, aber er war nicht zeitig genug wieder unten auf der Erde, denn gleich beim ersten Sprung traf es ihn in den Hals. Er hatte noch den Schrei »Sie kommen!« im Ohr, den Schrei, den er selbst ausgestoßen hatte.

Was er jedoch vorher gesagt hatte, wußte er nicht mehr. Vielleicht hatte er gesagt: »Was haben sie denn heute, warum greifen sie nicht an?«, oder er hatte gesagt: »Mich soll's nicht wundern, wenn wir schon im Kessel sitzen, du wirst sehen, die lassen uns da liegen, bis keiner mehr herauskann«, oder er hatte gesagt: »Schmeiß mir eine Zigarette rüber.« Er konnte sich nicht erinnern; er machte auch keinen Versuch dazu. Er schaute mit aller Kraft auf den Leutnant, der noch immer seinen Kopf in die Wurzelerde rieb, wie ein Säugling, der müde ist und doch nicht schlafen will, seinen Kopf in die Kissen wühlt. Wenn man Schmerzen hat und nicht schreien will, macht man es auch so. Matthey hatte keine Schmerzen. Er hatte sich vorgenommen, den Leutnant zu hypnotisieren.

Einmal sah der Leutnant auf. Er hatte Erde auf der Nase, und auf den Wangen hatte er auch Erde, und seine Augen sahen ganz hell und leer aus dem Gesicht. Matthey machte Bewegungen mit den Armen, er gab Winkzeichen, wie die Matrosen es tun mit kleinen dreieckigen Fähnchen, aber da er die gültigen nicht kannte, improvisierte er die Zeichen, er erfand seine eigenen. Der Leutnant folgte seinen Bewegungen mit den Augen, aber sein Blick blieb genauso leer wie vorhin, und da merkte Matthey, daß es ringsum still war, vollkommen still. Wenn ich jetzt flüstern könnte, dachte Matthey, nur ganz leise flüstern, dann müßte der Leutnant mich hören. Was könnte man ihm nicht alles sagen! Ich bin verwundet, könnte man ihm sagen. Bitte bring mich wenigstens bis zum Waldrand, es ist ja gar nicht weit – den Wald würden sie bestimmt verteidigen, und im Schutz der Bäume konnten sie ihn bis zum nächsten Verbandsplatz bringen –, bitte nimm mich mit, es kann dir ja nichts passieren, der Weizen steht hoch, sie können dich nicht sehen. Man könnte ihn bei seiner Offiziersehre nehmen oder vielleicht bei seiner humanistischen Erziehung, wenn er eine bekommen hatte, aber das war ja egal, wenn man flüstern konnte, nur ganz leise, konnte man sich mit ihm auseinandersetzen, ihn überzeugen. Er konnte nicht flüstern, nicht einmal ganz leise, und die Winkzeichen, die er gab, waren einfach nichts. Der Leutnant schaute ihnen zu und rührte sich nicht, und mit einem Mal sprang er auf, der Weizen rauschte, dann hörte Matthey wieder die Abschüsse der Kanonen und das Feuer der Maschinengewehre, und nun rauschte es im Weizen von allen Seiten. Die Laufschritte, die Matthey hörte, bewegten sich hauptsächlich auf den Wald zu, aber einmal liefen sie auch in entgegengesetzter Richtung, die Schreie, Schüsse und das Rauschen der Halme kamen, hörten auf, kamen wieder, und dazwischen hörte Matthey lange Perioden der Stille, und das war eine ganz ungeheure Stille.

In der Stille geschah am meisten. Da brannte die Sonne, die sehr steil am Himmel stand mit einem breiten Vorhof, der erst golden war und dann silbrig, und an der Peripherie weißlichblau, und Matthey lag still, zitterte und schwitzte. Er dachte: Wundstarrkrampf. Gegenstoß. Ich verblute. Sie kommen. Sanitäter. Schweine. Wundstarrkrampf. Er dachte nur in der Stille. Wenn der Lärm wieder anfing, geriet er in freudige Erregung, weil dann nämlich immer Leute in seiner Nähe vorbeiliefen, und einmal mußten sie ihn ja entdecken. Er entnahm dem Lärm auch die Gewißheit, daß die Stellung noch gehalten wurde.

Es war der Augenblick, der alles entschied, als sich plötzlich dicht über ihm der Weizen teilte, ein fremdes Gesicht in seines sah; als er das Erschrecken in dem Gesicht wahrnahm, einen kurzen Aufschrei hörte und den Mann blitzschnell am Bein packte, ehe der Mann noch davonlaufen konnte, und ihn damit zu sich niederriß.

Der Mann war ein Sanitäter.

Es begann gleich darauf wild zu schießen, und der Sanitäter blieb halb neben ihm, halb über ihm liegen. Matthey fühlte an seinen eigenen Rippen das Herz des anderen klopfen. Es war ein widerwärtiges Herz, ein stinkendes Herz, aber man mußte es zwingen, zugunsten des Verwundeten zu entscheiden, und Matthey zwang den Sanitäter, indem er sein gestiefeltes Bein nicht losließ. Er hielt es noch fest, als der Sanitäter sich schon bemühte, ihn unter den Armen zu packen und kriechend mit sich zu schleifen. Der Sanitäter schimpfte mit ihm und beschwor ihn, dabei lief ihm der Schweiß über das rote Gesicht, und sein Herz schlug jetzt in der geschwollenen Halsschlagader, denn er mußte alle Kräfte aufbieten, und das Schießen wurde immer wilder. Da ließ Matthey das Bein los. Ich muß ihm vertrauen, dachte er verzweifelt, und gleichzeitig bereitete er sich darauf vor, die Hand des Sanitäters, wenn er loslassen sollte, um davonzulaufen, augenblicks zu packen.

Statt dessen sah sich Matthey bald darauf unter den schütter stehenden ersten Fichten liegen. Es waren kleine, schwache Fichten, und die Sonne brannte auf den Nadelboden noch schlimmer als auf das Weizenfeld. Der Sanitäter, der jetzt neben ihm kniete und ihn unaufhörlich befragte, kramte aus seiner Umhängtasche Verbandzeug und legte ihm einen Notverband um den Hals. Dann ließ er ihn liegen, und Matthey war im Zweifel, ob er es nicht doch mit einem Verräter zu tun gehabt habe. Der Lärm schwoll wieder an und kam näher, und einmal krepierte eine Panzergranate ganz in der Nähe.

Darauf wurde es still, und diesmal war es eine angenehme Stille. Matthey atmete den Geruch des Waldbodens ein, der erinnerte ihn an seine Kindheit, und einmal hörte er eine Biene summen. Dann hörte er Schritte, und als er den Hals drehte, um die Näherkommenden anzuschauen, spürte er, daß sein Hals ganz steif war, und dann spürte er einen dumpfen Schmerz. Eigentlich hatte er den Schmerz schon lange gespürt, aber jetzt erst wußte er es.

Es war der Sanitäter, der noch einen zweiten herzugeholt hatte. Der zweite war ein blasser Junge mit einer Stahlbrille. Ein Pfarrer, dachte Matthey. Sie trugen eine Bahre, die stellten sie neben ihm ab, dann rieten sie ihm, sich ganz steif zu machen, aber es nützte nichts, er knickte in den Hüften ein, als sie ihn auf die Bahre hoben, und sie keuchten, trippelten und hatten Mühe, ihn in die richtige Lage zu bekommen. Sie hoben die Bahre, auf der er lag, mit einem Ruck hoch und trugen ihn durch den Wald.

Es war angenehm für alle drei, denn alle drei entfernten sich aus der Feuerlinie und hatten Grund dazu, am angenehmsten aber war es für Matthey. Er sah auf die grünlichgoldenen Spitzen der jungen Fichten und dachte: Heimatschuß. Lazarett. Bett. Essen. Trinken. Urlaub. Mädchen. Dann dachte er sich in der Straße seiner Heimat. Es war eine bunte Geschäftsstraße, und er dachte sie bunt, glänzend und unbeschädigt, denn als er sie vor einem Jahr zum letztenmal gesehen hatte, war sie noch bunt, glänzend und unbeschädigt gewesen. Er hatte zwar von mehreren schweren Bombenangriffen gelesen, und in den Briefen seiner Mutter war auch von Zerstörungen in der Straße die Rede, aber so lange man sie nicht gesehen hatte, waren die Zerstörungen nichts.

Die beiden Sanitäter stellten die Bahre auf einer Lichtung ab, dort erschien sein Hauptfeldwebel, den er nie gemocht hatte, und überreichte ihm eine Schachtel Schoka-Cola. Matthey machte eine Geste freundlichen Danks, aber da gerade einige Panzergranaten in der Nähe einschlugen, konnte der Hauptfeldwebel den Dank nicht quittieren, denn er begab sich in Deckung, und die Sanitäter auch, und Matthey lag allein auf der sonnigen Wiese. Er horchte nach den Abschüssen, aber es kamen keine mehr, es rührte sich überhaupt nichts mehr bis auf einen Zitronenfalter, der rund um seine Bahre zitternde Kapriolen schlug.

Später kam ein Sanitätsauto angefahren, man lud Matthey hinein; er lächelte die Träger an und hob grüßend die Hand. Drinnen, im Halbdunkel des Wagenkastens, mußte er etwas warten, dann lud man hinter ihm noch drei Verwundete ein; er konnte seinen Hals nun nicht mehr drehen und erkannte sie darum nicht. Als man die Hintertür zuwarf, wurde es ganz finster. Er lag still und dachte an die Nacht und drehte seine Schoka-Cola-Schachtel zwischen den Fingern. Irgendeinmal begann es zu schaukeln und zu stoßen, Matthey schwitzte und dachte nach, ohne daß ihm etwas klar wurde, und dann verlor er das Bewußtsein.

Er sah, erwachend, in ein großes, rotes Gesicht, das ganz

verschwitzt war, und in blinzelnde graue Augen. Es war ein sehr merkwürdiges Gesicht, es war über ihm, aber verkehrt, so daß die Nasenlöcher unnatürlich groß waren und er die grauen Haarbüschel sehen konnte, die aus den Nasenlöchern wuchsen. Er spürte warmen Atem auf seinem Gesicht, unangenehm warmen Atem und Nikotingeruch, und im Hals spürte er einen scharfen, brennenden Schmerz, und dann wurde er gewürgt. Der Arzt schlang die Binde um seinen Hals und Mattheys Kopf stützte ein Mädchen. Sie sah aufmerksam auf den Verband, und er spürte an seiner Wange, daß sie eine kühle Hand hatte, dazu bemerkte er, daß er auf einem blutigen Tisch lag und daß man ihn ganz ausgezogen hatte. Er empfand es als etwas ungehörig, daß er nun als ein gelbhäutiges Ding, von kalter Luft umweht, auf einem blutigen Brett lag, da er doch Stunden vorher noch ein achtbarer, strenger und zuverlässiger Waffenträger mit Silberlitze gewesen war. Er sah vorsichtig auf das Mädchen, dessen Hüfte in gestärktem weißen Tuch sich gegen seine Hüfte preßte und dessen weißgestärkter Arm gegen seinen Kopf hin ausgestreckt war wie ein Wegweiser. Sie war ein sehr hübsches Mädchen, schwarz, und er konnte sehen, daß sie Locken hatte, wenn sie auch von dem Häubchen fast ganz verdeckt wurden, und sie die Haare wahrscheinlich hinten zusammengebunden hatte. Sie hatte feuchte Augen, die auf einem hellen Grund zu schwimmen schienen, und volle Lippen, die sehr rot wirkten. Jetzt waren sie nicht geschminkt, und in einem anderen Augenblick erschienen sie ihm als fahl und rissig, aber Matthey konnte sie sich geschminkt gut vorstellen. Er erinnerte sich, daß er das Mädchen früher einmal gesehen hatte, wo, wußte er nicht, in einem Café oder in der Straßenbahn, aber er wußte, wie sie ausgesehen hatte. Damals trug sie ihre Locken offen, und ihre Lippen waren sehr rot, sie trug eine orangefarbene Bluse, einen schwarzen Rock, und ihre Beine bewegten sich sehr schön. Es mußte auf der Straße gewesen sein, auf einer hellen, sommerlichen Straße, auf der sie spazieren ging. Sie ging und blieb vor einem Schaufenster stehen, besah sich die Preise, es war ein Sportgeschäft, und sie betrachtete einen Badeanzug. Wahrscheinlich war sie aus seiner Heimatstadt.

Da erinnerte er sich noch viel besser. Er hatte sie angesprochen und war mit ihr zusammen weitergegangen, in den Wald, da hatten sie sich auf eine Wiese gelegt und miteinander geschlafen, und sie hatte gesagt: Du mußt immer bei mir bleiben, du mußt immer bei mir bleiben, hörst du, du mußt immer bei mir bleiben. Er war schon damals Unteroffizier, und die Mädchen hatten es sehr auf ihn abgesehen, denn er war ein hübscher Soldat, und darum hatte er sich auch nicht gleich erinnert, denn es waren so viele Mädchen gewesen damals in dem schönen Sommer, fast jeden Tag eine, und sie hatten alle gesagt: Du mußt immer bei mir bleiben.

Jetzt waren keine weißen Nullen mehr da, und keine junge Dame machte Bemerkungen über seine Hände, und Morawec dachte nicht daran, Vorträge zu halten. Er erschrak. Er merkte, daß er log. Er hatte so getan, als habe dieser Matthey das Mädchen gekannt. Als habe dieser Matthey mit ihr geschlafen. Möglich, daß sie aus Mattheys Heimatstadt war. Er mochte sie auch gekannt haben, und vielleicht hatte er sogar mit ihr geschlafen. Aber was waren das für Vielleichts, da es Dinge gab, die Morawec bestimmt wußte? Und warum hatte er so getan, als wüßte er, was sich dieser Matthey nach seiner Verwundung gedacht hatte? Hatte er überhaupt Matthey geheißen? War er Unteroffizier gewesen oder Feldwebel oder Gefreiter? Und wie war das mit dem Medizinstudium jenes Menschen? Und wer sagt, daß er früher ein hübscher Soldat gewesen war, dieser stumme, gelbhäutige Herr Halsschuß? Sie hatten in jenem Lazarett komplizierte Knochenbrüche, Lungenschüsse, glatte Durchschüsse, Bauchschüsse und einen Halsschuß. Der Halsschuß war dieser, das war sicher. Und das Mädchen hatte Lucie geheißen, und sie hatte wirklich schwarze Locken gehabt, Morawec wußte es, denn er hatte sie ohne Haube gesehen; und Augen, die feucht wirkten und auf einem hellen Grund zu schwimmen schienen, und

Lippen, die fahl und rissig waren, aber für ihn waren sie rot. Denn für ihn hatte sie sich geschminkt. Wenn sie mit ihm allein war, war sie überhaupt ganz anders als sonst. In Gegenwart der anderen hatte sie ihre steife, vom vielen Waschen blaß gewordene Tracht an und ausgetretene Halbschuhe, die nicht mehr ganz schwarz waren und Risse hatten und merkwürdig spitz zuliefen wie Schnabelschuhe. Sie war ein anderes Wesen, wenn sie diese Schuhe anhatte. Hochfahrend, eigenmächtig, dienstlich; sie hatte dann nicht viel von einer Frau, und sie erlaubte keinem Patienten Vertraulichkeiten, keinem Arzt und schon gar keinem Sanitätsgefreiten. Wie er überhaupt bei ihr Glück gehabt hatte, war ihm später ganz rätselhaft. Er mußte sie in einer schwachen Stunde erwischt haben. Vielleicht hatte sie gerade einen Jammerbrief von zu Hause bekommen, oder sie hatte sich an einen fernen Geliebten erinnert. Morawec hatte nicht die gesunde Brutalität, die Draufgänger haben; es kam ihm später so vor, als habe er hauptsächlich mit einem scheuen Grinsen operiert und mit wenigen gut angebrachten Sentenzen. Bei dieser Art Mädchen mußte man auf Seele arbeiten, denn das war es gerade, auf das sie sich etwas einbildeten: ihre nicht vorhandene Seele; dafür hielten sie ihre unreife Sentimentalität, die sie durch unangebrachte Härte zu verbergen trachteten, weil ihnen im Innersten vermutlich klar war, eine wie fragwürdige Qualität diese imaginäre Seele darstellte. Morawec hatte sich geradezu automatisch auf diesen Typ eingestellt: er kannte ihn aus zahllosen Traktätchen, aus Volksliedimitationen und aus Filmen. Wie gut er ihn kannte, bewies er dadurch, daß er richtig zu Werk ging. Er hielt sich dabei an folgende Grundsätze: Schweigsamkeit. Im Dienst nur sachliche Bemerkungen. In der Freizeit bei besonderen Gelegenheiten träumerisches Vor-sich-Hinstarren, melancholisches Grinsen, seelenvolle Blicke, aber sehr sparsam eingesetzt. Die Worte, die zur Annäherung führten, mußten mit großen Pausen gesprochen werden und womöglich mit tiefer Stimme, die aber in geeigneten Augenblicken vor ängstlich gehüteter, tiefer innerer Erregung ein wenig zittern mußte. Betont werden mußte vor allem das vollkommene Verständnis der ganz besonderen Problematik, mit der die Seele der betreffenden Dame behaftet war. Dazu mußte man natürlich zuerst herauskriegen, auf welche Weise sie ihren ersten Geliebten losgeworden war (in schwierigen Fällen war es der zweite oder dritte), was ihr Vater und ihre Mutter angestellt hatten und wessen sich die menschliche Gesellschaft an ihr schuldig gemacht hatte. Das herauszukriegen war nicht allzu schwer; hatte man erst einmal auf den richtigen Knopf gedrückt, dann verwandelte sich die sinnige Schweigsamkeit der Dame in einen Strom unzusammenhängender Erzählungen, deren schicksalhafte Bedeutung man durch eine nachdenkliche Miene zu bestätigen hatte. Im ganzen war das Spiel also höchst reizlos, zumal es nicht sehr viele Varianten hatte, und Morawec hätte es niemals in Angriff genommen, hätte er sich nicht lohnenden Gewinn versprochen. In Lucies Fall hatte er sich leider zuviel versprochen. Sie war nicht das Teufelsweib, das zu sein sie mit ihrem abweisenden Gehaben indirekt vorgab. Er hatte sie, wie es ihm als Gefühlsmenschen nur zu oft passierte, für komplizierter gehalten als sie war.

Natürlich bedeutete ihm das wenig. Von den weiblichen Wesen, die sich in dem kleinen Lazarett befanden, war sie das einzige, das für ihn erstrebenswert war; außer ihr gab es nur eine dicke Schwester älteren Semesters und drei kindische Putzmädchen, und eines Tages war Lucie überhaupt der einzige Mensch, der mit ihm in dem Lazarett verblieb, wenn man von dem Halsschuß absah.

Der Räumungsbefehl kam über Nacht. In wenigen Stunden war alles verladen und abtransportiert. Der letzte Sanitätskraftwagen sollte sie mitnehmen: den Halsschuß, der eigentlich nicht transportfähig war, notgedrungen aber transportiert werden mußte, da der Feind nur mehr wenige Kilometer entfernt war, Schwester Lucie, die den Halsschuß unterwegs versorgen sollte, und ihn. Er hatte die Aufgabe, die letzten Einrichtungsgegenstände und Instrumente zu verstauen. Der

Stabsarzt stellte ihm für diese Tätigkeit das Kriegsverdienstkreuz in Aussicht. Im Morgengrauen aber konstatierte Morawec, daß der letzte Sanitätskraftwagen ohne sie abgefahren war; warum, blieb unerklärt. Es spielte auch keine Rolle. Sie waren jedenfalls allein in einem langgestreckten Blockhaus, mitten in einem reichlich ausgedehnten Wald: er, Schwester Lucie und der Halsschuß. Er und Schwester Lucie hätten sich sofort zu Fuß auf den Weg machen können. Der Halsschuß nicht. Tragen konnten sie ihn auch nicht. Also mußten sie ihn zurücklassen. Da aber meldete sich Schwester Lucies Seele.

Matthey hatte tief und gut geschlafen. Als er erwachte, fiel ihm auf, daß es still war. Er sah über sich die beiden grauen, ungehobelten Pfosten der Pritsche, vor sich eine blaugewürfelte Decke und in einiger Entfernung eine windschiefe Tür. Mehr hatte er auch gestern abend nicht gesehen, außer der Petroleumlampe und der manchmal vorbeistreifenden Schwester. Aber um so mehr hatte er gehört: Klimpern von Instrumenten, Eßgeschirr und Leibschüsseln, Stöhnen, Seufzen, halblaut geführte Gespräche, Schritte gestiefelter Füße auf dem Korridor, Schmerzensschreie in einiger Entfernung, das Brummen von Motoren, das Rascheln eines Frauenrocks, das Knacken der Pritschen, wenn sich einer herumwälzte. Jetzt hörte er nichts.

Er hörte nichts, und das erfüllte ihn mit Schrecken. War er über Nacht auch taub geworden? Er steckte sich die Zeigefinger in die Ohrmuscheln und rüttelte in den Ohren, aber es nützte nichts. Er hörte nicht das geringste. Es kam ihm die Anwandlung, um Hilfe zu rufen, aber bald wurde ihm klar, daß er ja nicht rufen konnte; daß er überhaupt nichts tun konnte, als still zu liegen und zu warten. Und sein Warten wurde belohnt. Er hörte Stimmen. Er hörte, wie zwei Stimmen sich miteinander unterhielten, eine Männerstimme und eine Frauenstimme. Sie unterhielten sich im Nebenraum. Unter normalen Umständen hätte er nicht viel von der Unterhaltung verstanden, ja, wahrscheinlich hätte er überhaupt nicht hingehört. Aber in dieser Situation hätte er gehört, wenn eine Wanze über den Balken gekrochen wäre. In dieser Situation verstand er jedes der schrecklichen Worte, die die beiden Stimmen sprachen. Zuerst sprach die Frauenstimme.

»Ausgeschlossen«, sagte sie. »Wir können ihn nicht hierlassen. Ich lasse ihn nicht hier.«

»Willst du ihn tragen?« fragte die Männerstimme.

»Oder willst du warten, ob nicht vielleicht doch ein Sanka kommt? Der kommt nicht, das habe ich dir schon gesagt. Der hätte um vier Uhr früh da sein sollen. Die Infanterie ist schon weg, sogar die Pioniere sind schon vorbei. Zu uns kommt keiner mehr.«

»Außer den russischen Panzern«, sagte die spröde Frauenstimme.

»Willst du die vielleicht abwarten?«

»Er darf ihnen nicht in die Hände fallen.«

Matthey horchte aus allen Kräften. Eigentlich hätte er sich über das, was die Frau sagte, freuen müssen, denn sie meinte es offenbar gut mit ihm, sie war um ihn besorgt. Aber er hatte komischerweise Angst, sobald die Frau wieder zu reden anfing. Seine Sympathien waren auf seiten des Mannes, denn was der Mann sagte, schien Hand und Fuß zu haben.

»Geh«, sagte der Mann. »Geh immer der Straße nach. Vielleicht erwischt du noch einen Lastwagen. Ich werde hierbleiben.«

»Willst du überlaufen?« fragte die Frau scharf.

»Dazu brauche ich nicht weit zu laufen.«

»Warum willst du hierbleiben?«

»Du glaubst, daß wir ihn nicht alleinlassen dürfen. Vielleicht hast du recht. Es wird wohl irgendeine Vorschrift darüber geben.«

»Hör zu«, sagte die Frau, und jetzt mußte sich Matthey sehr anstrengen, um etwas zu verstehen, denn auf einmal sprach sie leise. »Ich werde ihm eine Spritze geben.«

»Nein!« schrie Matthey. Natürlich schrie er es nicht laut, denn er konnte ja nicht schreien. Er schrie es jedoch innerlich so wild, daß alle Menschen in seiner Umgebung es verstehen mußten. Sie mußten es schon an seinem Blick ablesen. Aber niemand las in seinem Blick. Niemand war da. Die beiden Menschen, die über seinen Tod sprachen, waren im Nebenzimmer. Und jetzt sprach der Mann, und Matthey war es, als sei er plötzlich eins mit dem Mann und als spreche der Mann an seiner Statt. Der Mann sagte ziemlich laut ein einziges Wort. Er sagte: »Nein!«

»Ich lasse nicht zu, daß er ihnen in die Hände fällt«, sagte die Frau schnell. »Wer weiß, was sie mit ihm machen werden? Ich sage dir, sie werden ihn massakrieren. Hast du noch nichts von ihren Untaten gehört?«

»Es wird viel geredet.«

»Glaubst du nicht, was uns gesagt worden ist?«

Der Mann gab keine Antwort, aber Matthey konnte sich seine Geste vorstellen: ein müdes Abwinken. Nein, der Mann glaubte nicht an die Untaten der Feinde, und auch Matthey glaubte nicht daran. Er war davon überzeugt, daß sie ihn frisch verbinden und gesundpflegen würden, und nach einigen Monaten oder vielleicht Jahren würde er in die bunte Straße seiner Heimatstadt zurückkehren. Wenn er nur irgendwie dazu imstande gewesen wäre, wäre er aufgestanden und hinübergegangen und hätte der Frau seine Meinung gesagt. Sie dummes Stück Vieh! hätte er gesagt. Ihnen sollte man eine Spritze geben. Sie und Ihresgleichen sind es, an denen wir alle zugrunde gehen!

»Jetzt wirst du frech«, sagte die Frau. »Weil niemand mehr da ist, der dir beibringen könnte, was man zu tun hat.«

»Ich bin dagegen, ihn umzubringen«, sagte der Mann nach einer Pause. »Du hast kein Recht dazu.«

»Hast du nicht gehört, wie sie die Verstümmelten aufgefunden haben?«

»Es ist verboten«, sagte der Mann.

»Ich hätte nie gedacht, daß du so dumm bist. Wenn du ein bißchen Ahnung von der Welt hättest!« Plötzlich hörte sie auf, mit dem Mann zu diskutieren. Sie schrie ihn an: »Ich erlaube nicht, daß sie diesem Mann die Nase und die Ohren abschneiden!«

»Ich gebe ihm keine Spritze«, sagte die Männerstimme ruhig. »Du sollst gehen. Lauf! Sieh zu, daß du einen Lastwagen erwischst. Um mich mach dir keine Sorgen.«

Matthey hörte Schritte, und dann hörte er ein Klirren. Seine Wut gegen die Frau erlosch. Jetzt hatte er nur mehr Angst. Es wurde ihm ganz schwach davon. Jetzt holt sie die Spritze, dachte er. Wenn ich nur einen Holzprügel hätte. Oder wenn ich ein Wort sagen könnte, nur ein einziges Wort!

»Du wirst ihm keine Spritze geben«, sagte der Mann.

Die Stimme der Frau wurde mit einem Mal weich. »Sei kein Dummkopf«, sagte sie geduldig. »Ich will ihm doch nichts Böses tun. Er merkt ja gar nichts davon. Ich werde ihm sagen, daß es gegen die Schmerzen ist, falls er überhaupt bei Bewußtsein ist.«

Ob es hilft, wenn ich ihr die Zunge herausstrecke! überlegte Matthey. Soll ich sie anspucken?

»Er wird ganz einfach einschlafen. Könntest du es verantworten, daß der arme, wehrlose Mensch mit ansehen muß, wie sie ihre Messer herausziehen? Du willst Arzt werden? Schäm dich!«

Es blieb schauerlich still. Dann hörte Matthey, wie sich die Schritte des Mannes langsam entfernten, und dann ging die Tür auf. Die Schwester trat ein. Sie war rein, und sie war schön. Sie trug eine dampfende Schale, in der es leise klimperte. Die Schwester mußte die Spritze vorschriftsmäßig ausgekocht haben. Matthey hob den Arm. Er mußte noch soviel Kraft haben, ihr die Schale aus der Hand zu schlagen. Aber sie stellte die Schale auf einen Hocker und näherte sich ihm mit einem zutraulichen Lächeln. Halt! sagte sich Matthey. Er lag steif, aber ihm war, als zitterte er am ganzen Leib. Keine Gewalt! Er erinnerte sich der Verhaltensweise von Irrenärzten und Wärtern. Wenn ein Patient Widerstand leistete, galt er automatisch als krank, als unzurechnungsfähig. Dann mußte er überwältigt werden. Dann mußte auch gegen seinen Willen das getan werden, was zu seinem Heil notwendig war. Aber dieses Wesen im gestreiften Kittel wollte ihn zu seinem Heil umbringen. Man mußte ihr mit Vernunft kommen. Man mußte ihr erklären, daß man mit ihrem Unternehmen nicht einverstanden war, und man mußte ihr die Gründe dafür so auseinandersetzen, daß sie ihr einleuchteten. Währenddessen hatte sie den Hemdsärmel an seinem kraftlosen Arm zurückgestreift, und nun sprach sie.

»Ich weiß, daß Sie Schmerzen haben«, sagte sie zärtlich. »Keine Angst, wir können Ihnen helfen. Ich werde Ihnen jetzt eine Injektion machen, und dann werden Sie gar nichts spüren. Halten Sie sich bitte ruhig, es ist gleich vorbei.«

Ihre Augen blickten freundlich. Ihr Mund war süß. Sie klimperte mit der Spritze in der Schale. Matthey wußte nicht, wie es ihm gelang, den Arm zurückzuziehen. Er hatte plötzlich beide Arme angewinkelt, so, daß sich seine Hände vor der Brust berührten. Mit dem ausgestreckten Zeigefinger der Rechten machte er Punkte und Striche auf dem Handteller der Linken. Dabei bewegte er krampfhaft den Mund.

»Sie wollten schreiben?« fragte sie freundlich.

Er brachte die Kraft auf zu nicken. Vielleicht war es nur die Andeutung eines Nickens, aber sie begriff es. Sie stand auf und brachte ihm einen Block und einen Bleistift. Sie hielt ihm den Block und stützte seinen Oberkörper. Er roch die Seife, mit der sie sich gewaschen hatte, und kritzelte mit letzter Kraft die Worte auf den Block: »Will nicht sterben!«

Die Schwester hatte ihm interessiert zugeschaut, jetzt sah sie ihn entsetzt an, und mit einem Mal ließ sie seinen Körper zurückgleiten, sprang auf und ging schnell hinaus. Matthey begann das Bewußtsein zu verlieren. Er war glücklich, stolz, fühlte sich leicht. Er hatte gesiegt. Sie hätten mich getötet, dachte er im Einschlafen, und ich hätte ihnen nicht einmal sagen können, wie ich sie hasse.

Er öffnete die Augen, als er die Nähe eines Menschen spürte. Es war der Sanitäter. Matthey lächelte ihm zu.

»Wir müssen jetzt gehen«, sagte der Sanitäter.

Matthey schloß kurz die Augen, um zu zeigen, daß er verstanden habe.

»Wir können dich nicht mitnehmen.«

Wieder schloß Matthey die Augen.

»Es wird schon nicht so arg werden. Die sind auch Menschen.«

Matthey machte sein Zeichen.

»Brauchst du noch etwas?«

Matthey winkte ab.

»Ich lege die Zigaretten hierher. Da hast du den Block. Den Bleistift gebe ich dir in die rechte Hand. Da. Hier neben deiner Linken steht kalter Tee. Mehr hab' ich nicht für dich. Mach's gut.«

Matthey begann auf seinen Block zu schreiben: »Mach's gut.« Er bemühte sich sehr, die Buchstaben leserlich zu machen. Irgendeinmal bemerkte er, daß er über seinen Bemühungen eingeschlafen war. Der Sanitäter war weg. Es war wieder still geworden. Diesmal jagte ihm die Stille kein Grauen ein. Er hatte keine Lust zu rauchen, auch keinen Durst. Er umfaßte den Block und den Bleistift, seine letzten Gefährten, seine Stütze und seinen Stab, und begann seine Lebensgeschichte zu schreiben. Es war eine lange, lange, wunderschöne Geschichte.

Als ein feindlicher Spähtrupp das Haus besetzte, fand er es leer. Ein Dolmetscher, der die Voraustruppen begleitete, entdeckte die Leiche eines deutschen Unteroffiziers, der in seinen starren Händen einen Bleistift und einen Notizblock hielt. Der Dolmetscher war ein sehr wißbegieriger Mann. Er sammelte schriftliche Zeugnisse von Feindeshand, er ließ sich von Freunden Briefe gefallener Feinde besorgen, und wenn er selbst welche fand, war er ganz stolz und studierte sie stundenlang voll Interesse. Er wollte sich diese fremde Welt klarmachen, er studierte Dokumente und Tagebücher ebenso intensiv wie Briefe, Funksprüche, Listen von Zahlmeistern, alles Geschriebene, was ihm in die Hände fiel. Voll Freude entdeckte er den Notizblock in der Hand des toten Unteroffiziers, den er ihm sogleich entwand. Dann setzte er sich zu der Leiche auf die Pritsche und sah sich seinen Fund an. Aber gleich darauf zog er eine traurige und enttäuschte Miene. Denn auf den abgerissenen Zetteln des Notizblocks gab es nichts zu entziffern. Sie waren über und über mit ganz unleserlichen krausen Zeichen bedeckt.

Irgendwo im Wald fanden sie dann auch die Schwester Lucie, ausgestreckt auf dem Boden, in komischer Haltung, und man sah nicht mehr genau, daß sie einmal Rotkreuzschwester gewesen war, denn jemand hatte angefangen, ausgestorbene Moosquadrate auf sie zu werfen, so daß man nur mehr ein Bein von ihr sah, und auf dem Fuß saß noch der spitzschnäbelige, ausgetretene, verblaßte schwarze Halbschuh. Das zweite Bein aber war schon bedeckt, und der Schuh lag ein Stück weiter weg, mit dem Absatz nach oben. Ihr Gesicht sah in die Tannenwipfel, ihre Augen waren offen, aber nicht mehr feucht, und sie sahen voll Verwunderung in das kleine Stück fleckenlosen Himmels zwischen den Tannen. In der geschlossenen Faust, die aus dem Boden ragte wie eine knorrige Wurzel, hielt Schwester Lucie einen abgerissenen Fetzen erdbraunen Tuchs. Aber den Sanitätsgefreiten Morawec, den fanden sie nicht; er hatte Schwester Lucie unterwegs verloren, als sie miteinander gestritten hatten und sie einfach in den Wald hineingelaufen war, um eine Abkürzung zu suchen. Sie hatten den Sanitätsgefreiten Morawec nicht gefunden, und sie würden ihn nie mehr finden, denn es gab ihn schon lange nicht mehr, es gab nur einen Hilfsarzt namens Morawec, der lag zu Hause in seinem Bett, und im Kabinett nebenan schnarchte seine Mutter, die Schnittwarenhändlerin.

Dr. Morawec hatte auf das Fensterkreuz gestarrt, er fand ja so schwer Schlaf, der Arme, und auf die nickenden Baumwipfel draußen in der Nacht, und dann hatte er im Geist einen Vortrag gehalten. Er hatte einen schwarzen Anzug angehabt und eine silberngestreifte Krawatte umgebunden. Meine Damen und Herren, hatte er gesagt, dann war er eingeschlafen.

Er hatte wirres Zeug geträumt, und als er gegen drei Uhr früh erwachte, wußte er nur mehr dieses:

Der grüne Wagen war tief im Schnee vergraben. Morawec konnte aber noch seine Konturen erkennen. Der Mann in der Lederjacke riß eine Tür auf und sagte: Die Türen gehen auf, nur der Motor geht nicht.

Da begann der Wagen zu fahren, mit schlagenden Türen, schwankend und langsam, und dann erreichte er die blaue Biegung. Sie liefen hinterher. Vor ihnen war alles offen, alles blau, und rechts schien es tief hinunterzugehen. Auf dem Weg mit seinen tiefen, festgebackenen Erdrillen holperte ein Bauernwagen, gezogen von zwei dicken, rotbraunen Pferden, neben ihnen ging der stämmige Kutscher in Stiefeln und einer dunkelblauen Montur.

Der grüne Wagen fuhr in das Gefährt hinein und alles: Auto und Karren, Pferde und Kutscher, flog in einem leichten Bogen in den Abgrund.

Es war ein tiefgrüner See. Die Pferde tauchten noch einmal auf, platt, zweidimensional, im Profil. Dann tauchte der Kutscher auf, steif, ein stämmiger, gerader, dunkelblauer Knüppel.

Wenn es mein Kind wäre, fragte sich Morawec, würde ich hinunterspringen?

Der Kutscher begann zu schreien, tief unten. Er schrie lange und schrecklich. Der Schrecken war in Morawec selbst: Jetzt mußt du helfen! sagte er sich. Nein, es ist zu spät. Aber du mußt. Es war wie bei der Katze, die man schon halb erschlagen hat, aber wenn man jetzt aufhört, auf ihr Genick einzudreschen, dann muß sie schrecklich leiden.

Im ganzen Tal wurde es lebendig. Überall waren Retter. Da hörte der Mann auf zu schreien.

Ein leeres, weißlichgraues Boot fuhr langsam unter einer grottenartigen Brücke durch.

Die Akten

Irgend jemand hatte gesagt, der Landesgerichtsrat Budil sei verrückt. Wer es aufgebracht hatte, war nicht klar, aber bald wußten es alle freien Insassen des Landesgerichts I. Sie sahen ihn jedenfalls so an und sprachen so zu ihm und waren so behutsam zu ihm. Man zwinkerte lächelnd, wenn er verloren durch die langen Gänge strich und nach allen Seiten Ausschau hielt, als überquerte er eine Straßenkreuzung. Man erzählte, daß er oft weit über die Dienststunden im Amt bleibe, ganz allein in seinem Zimmer, wenn alle schon gegangen waren. Dabei sperre er sich ein. Die Schriftführerin Kunert hörte einen alten Justizwachebeamten einmal sagen, der Landesgerichtsrat Budil habe anscheinend Angst vor ihm. Dabei lachte der Justizwachebeamte.

Landesgerichtsrat Budil war erst acht Wochen im Haus, und schon behaupteten die Kollegen, er bringe nichts weiter, er sei der faulste Richter im ganzen Sprengel. Das konnte aber nicht stimmen: er diktierte oft stundenlang im Aufundabgehen, mit einer leisen, ruhelosen Stimme. Man hörte auch, er stopfe abends seine abgeschabte braune Tasche mit Akten voll und nehme sie mit nach Hause. Die Schriftführerin Kunert konnte das bestätigen, denn sie sah jeden Morgen, wie er die Tasche entleerte und die Papiere sorgfältig stapelte. Dann wurde erzählt, man habe Budil in seinem verschlossenen Amtszimmer leise weinen gehört.

Wahrscheinlich lag es an dem Altersunterschied, daß keiner der jüngeren Untersuchungsrichter je ein privates Gespräch mit ihm geführt hatte. Mit seinen sechsundzwanzig Dienstjahren hätte Budil eigentlich einem Senat angehören oder wenigstens Bezirksrichter sein müssen. Bezirksrichter war er bis vor kurzem auch gewesen, irgendwo in Niederösterreich. Warum er es nun nicht mehr war, wußte man nicht. Übrigens sah man ihm die Fünfzig nicht an. Er sah eher aus wie ein mißmutiger Knabe, und er hatte kein einziges graues Haar auf seinem stets vorgebeugten kantigen Schädel, sondern ungewöhnlich dichtes schwarzes, das ihm tief in die gelbe Stirn des Leberkranken hineinwuchs. Anders als in schwarz und weiß gestreiften verbeulten Hosen und in einem schmutzigbraunen Rock, dessen Ärmel an den Rändern abgestoßen waren, hatte man ihn im Grauen Haus nie gesehen, auch außerhalb nicht, falls man ihn außerhalb des Hauses überhaupt einmal gesehen hatte. Während die jungen Richter vielfach in Gruppen essen gingen, ging Budil immer allein.

Er war auch heute allein gegangen, den weiten Weg in sein Stammgasthaus, das er sich sorgfältig ausgesucht hatte, eben weil es so weit war, eine halbe Gehstunde vom Gericht. Er wollte nicht mit den anderen gehen, die ihn mit irgendwelchen Erzählungen belästigt hätten, denn im Gehen konnte er am besten nachdenken. Er dachte den ganzen Weg nach und dann im Gasthaus, und es war interessant nachzudenken. Er saß im kraftlosen Licht der Februarsonne vor der gewürfelten Decke des Gasthaustisches, verzehrte ein kleines Gulasch und trank in langsamen kleinen Schlucken ein Glas Bier. Er dachte an die Kindesmörderin.

Sie hieß Antonie Mrazek und war ihm vor zehn Tagen zum ersten Mal vorgeführt worden. Laut polizeilicher Erhebung hatte sie ihren drei Wochen alten Säugling unter dem Kissen erstickt und in einem Abfallkübel des Nachbarhauses versteckt. Sie gab es auch zu. Von wem sie das Kind hatte, wußte sie nicht. Sie war Haushälterin bei einem Oberstleutnant außer Dienst und vierzig Jahre alt. Sie hatte runde Schultern, sie trug graue Wollstrümpfe, und sie war blöd.

Sie war so blöd, daß sie sich jetzt aufs Leugnen verlegte. Sie sagte, der Oberstleutnant habe eine Nichte, die komme manchmal ins Haus, und diese Nichte habe das Kind gehabt, nicht sie. Also habe wahrscheinlich auch die Nichte das Kind umgebracht. Der Landesgerichtsrat hörte sie kopfschüttelnd an, dann fragte er sie, wie sie einen unschuldigen Menschen eines so schweren Verbrechens bezichtigen könne. Da weinte die Kindesmörderin.

»Vielleicht war überhaupt kein Kind da?« sagte sie.

Der Landesgerichtsrat Budil verlor nicht die Geduld. Er hatte eine Leidenschaft für Genauigkeit. Er fragte weiter nach der Nichte, die da aus dem Nebel unbekannter Verhältnisse plötzlich ins Licht getreten war. Mit dieser Nichte schien es eine Bewandtnis zu haben.

»Klavier spielen und dahergehen wie eine Modepuppe!« weinte die Kindesmörderin. Es stellte sich heraus, daß die Nichte des Oberstleutnants befürchtet zu haben schien, der Onkel würde die Mrazek zu seiner Erbin machen. Darum hatte sie der Haushälterin vorgeworfen, sie sei schmutzig und unehrlich. »Aus dem Haus wollte sie mich haben!« sagte die Mrazek, »und jetzt ist es ihr endlich gelungen!«

Budil, der auch dieser langen Erzählung aufmerksam gefolgt war, besann sich in einer Gesprächspause auf den eigentlichen Gegenstand der Verhandlung und zeigte der Mrazek eine Bescheinigung des Krankenhauses, aus der einwandfrei hervorging, daß sie einen gesunden Knaben geboren hatte. Die Mrazek konnte aber nicht lesen und leugnete.

»Warum haben Sie es denn bei der Polizei zugegeben?«

»Bei der Polizei muß man alles zugeben.« Sie sagte: »Bei Polizei« und betonte das Wort »Polizei« auf der ersten Silbe. Sie war aus der Slowakei.

Der Landesgerichtsrat fragte, ob man im Kommissariat vielleicht unerlaubten Druck auf sie ausgeübt habe. Das verstand sie nicht, und als er es ihr erklärt hatte, sagte sie nein.

»Mit Ihnen ist es ein Kreuz, Frau Mrazek«, sagte Budil, und sie sagte mit einem Schimmer der Freude in den runden Augen: »Ja, das hat der Herr Oberstleutnant auch immer gesagt.«

Aha! dachte Budil. Der Oberstleutnant. Wieder eine neue Figur. Den werde ich jetzt vernehmen müssen, da werden wir gleich eine Vorladung ausfertigen lassen.

Er ließ aber nichts ausfertigen, sondern ging essen, um

nachzudenken. Auch auf dem Rückweg ins Amt überlegte er eingehend den Fall der Kindesmörderin. Da haben wir also die Antonie Mrazek, überlegte er. Was das für ein Mann gewesen ist, mit dem sie sich da abgegeben hat? Ein Alter wahrscheinlich oder einer mit einer Narbe, den keine andere angeschaut hat. Ich muß sie fragen, was für einer das gewesen ist, da wird sie aus sich herausgehen. Ihre einzige schöne Erinnerung, der Alte mit der Narbe, der ihr ein Kind gemacht hat, und dann hat sie es umgebracht. Vielleicht war es aber der Oberstleutnant selbst? Dann wird sie gar nicht aus sich herausgehen. Man müßte ihn vorladen, den Herrn, und es ihm auf den Kopf zusagen. Wenn er es dann aber nicht war? Peinliche Angelegenheit. Alter, verdienter Militär, und wird da mir nichts dir nichts beschuldigt, er hätte seine Haushälterin geschwängert und womöglich beim Mord noch assistiert! Der Mensch ist imstand und beschwert sich, selbst wenn er es gewesen ist, und dann gibt's eine Disziplinaruntersuchung, ich danke!

In seinem Büro ließ er sich das Vernehmungsprotokoll geben, das die Kunert inzwischen ins reine geschrieben hatte, begann es umzustilisieren und aus dem Gedächtnis zu ergänzen.

»Sie stenographieren nicht richtig«, sagte er ärgerlich. »Sie müssen genau stenographieren, Kollegin. Wenn da nicht jedes Wort sitzt, wie sollen wir die Beschuldigte dann in ihren eigenen Schlingen fangen?«

Die Kunert bekam ein rotes Gesicht und sagte, sie sei in Stenographie immer eine der Besten gewesen, und sie stenographiere richtig. Da murmelte Budil eine Entschuldigung und diktierte das Vernehmungsprotokoll noch einmal um, angeblich, um seine Ergänzungen zu eliminieren, in Wirklichkeit aber, um ihm wieder eine neue Fassung zu geben. Er tat es im ganzen viermal und immer von Anfang an, weil es ihm nie genau zu stimmen schien. Dann griff er gierig nach dem Akt und ließ die Schriftführerin nach Hause gehen.

Als das Fräulein Kunert draußen war, blieb er erst eine Weile an der Tür stehen und horchte. Dann drehte er unhörbar den Schlüssel um, schlich an seinen Schreibtisch, an dem er sich aufseufzend niederließ, rieb sich die kalten, knochigen Hände und las:

LGR Budil: Mit Ihnen ist es ein Kreuz, Frau Mrazek.

Angeschuldigte Mrazek: Ja, das hat der Herr Oberstleutnant auch immer gesagt.

LGR Budil: Da müssen Sie sich aber nicht sehr anstellig gezeigt haben.

Mrazek: Das versteh' ich nicht, Herr Rat.

LGR Budil: Ich meine, da müssen Sie Fehler im Haushalt gemacht haben. Die Suppe versalzen oder so.

Mrazek: Suppe versalzen? Ich? Herr Rat, das können S' mir nicht nachsagen, so eine Köchin wie mich werden S' nirgends finden, und der Herr Oberstleutnant schon gar nicht. Mein Gott, wer wird ihm jetzt kochen, Topfenstrudel hat er sich gewünscht am letzten Tag, seine Leibspeis, und um zehn Uhr vormittag haben s' mich abgeholt.

Die Angeschuldigte Mrazek beginnt erneut zu weinen.

LGR Budil: Was ist denn das für ein Mensch, der Herr Oberstleutnant?

Mrazek, weinend: Der Herr Oberstleutnant, wer wird ihm jetzt das Frühstück machen, wo er nicht einmal aufstehen kann in der Früh!

LGR Budil: Warum kann er nicht aufstehen?

Mrazek: Weil er die Gicht hat, der Herr Oberstleutnant.

So, so, die Gicht! dachte der Landesgerichtsrat, den die Entdeckerfreude übermannte. Da wird er an dem Mord doch nicht teilgenommen haben. Dann stutzte er und überlegte lange, inwiefern eine gichtische Erkrankung es unmöglich machte, sich auf ein Kissen zu setzen, unter dem ein drei Wochen alter Säugling lag.

Er saß in der Dämmerung, vergaß, das Licht anzudrehen, und blätterte in den Akten. Alles Material war vorhanden, man mußte es nur sichten, nötigenfalls exzerpieren, ordnen und mit den haltlosen Ausreden der Angeschuldigten vergleichen. Aber da war auch noch eine geheimnisvolle Nichte, von der die Polizei gar nichts gewußt hatte, und die arme Person, die Mrazek da mit ihren Wollstrümpfen und ihrem Topfenstrudel war ja so blöd.

Man hat doch andere Möglichkeiten! dachte der Landesgerichtsrat. Der Hilfsarzt zum Beispiel, den ich neulich gehabt hab', der sein Notizbuch im Kaffeehaus liegengelassen hat. Komisches Kaffeehaus übrigens, der Oberkellner hat das Notizbuch der Polizei übergeben, und da sind Adressen von hundert Damen dringestanden, denen er die Kinder abgetrieben hat, für sechshundert Schilling das Stück. Feiner Oberkellner, muß ich sagen, das ist eine Art, Gäste zu behandeln! Achtzehn Monate hat er gekriegt, der Hilfsarzt, achtzehn Monate, das sind über fünfhundert Tage, mich geht's übrigens nichts an, ich hab' den Fall von meinem Vorgänger übernommen, da war er eigentlich schon abgeschlossen, fünfhundert mal vierundzwanzig, zirka zehntausend Stunden, hundert Stunden für jedes Kind. Hundert Stunden, das sind rund vier Tage, und die Mrazek sitzt schon zehn Tage bei uns, vorher acht Tage bei der Polizei, und sie wird noch länger sitzen, zwei Jahre wird sie kriegen, denn das eine war nur ein verbotener Eingriff, und das andere ist Mord.

Abends saß er zu Hause und packte das Frühstücksbrot aus, das er wie gewöhnlich nicht angerührt hatte, dann erschien sein eisengraues altes Möbel Stephanie, nahm ohne ein Wort das belegte Brot an sich und deckte den Tisch. Sie deckte für ihn allein, ihr Nachtmahl war wie immer Budils vergessenes Frühstücksbrot. Der Landesgerichtsrat begann mit abwesendem Blick die Suppe zu löffeln. Er dachte an die Kindesmörderin.

Stephanie kam aus der Küche und räumte den Tisch ab. Sie hatte ein hartes, ledernes Gesicht und fungierte als seine Haushälterin, sie war fünfundsiebzig und stumm. Sie war ein Erbstück seiner Mutter, der zaundürren Frömmlerin, die lange, lange alle Anstrengungen gemacht hatte, ihn zu überleben. Er hatte nicht nur Stephanie von ihr geerbt, sondern auch die

Kuckucksuhr, das eiserne Bettgestell, das Nachtkästchen und den Großvaterstuhl, in dem er saß und dachte. Von der ganzen Erbschaft war dieser Großvaterstuhl ihm am liebsten, am unsympathischsten war ihm Stephanie.

Sie war mit ihm verwandt, stammte aus einer obskuren Seitenlinie des Hauses Budil, und seine Mutter hatte sie sich zur letzten Pflege aus der alten mährischen Heimat verschrieben. Der Verwandtschaftsgrad war selbst für Budil nicht feststellbar, dabei hatte er schon im Gymnasium als einer der genauesten, wenn auch langsamsten Schüler gegolten, zumindest bei seinen Sitznachbarn, die ihn bei der Arbeit beobachten konnten. Die Lehrer hatten seiner Genauigkeit nie Achtung gezollt, sie merkten nur, daß Alois mit seiner Arbeit nicht fertig wurde, nicht aber, daß er nur wegen seiner übergroßen Exaktheit nicht so schnell fertig wurde wie die oberflächlichen, leichtlebigen, siebengescheiten Vorzugsschüler, die alles schon wußten, bevor sie es gelernt hatten. Er erinnerte sich genau, denn er war oft genug zum Katheder gerufen und vor den Augen der nicht verstehenden Besserwisser als abschreckendes Beispiel hingestellt, zum Ausschuß, zum Abhub erklärt worden. Dazu kam, daß er nicht zu den begüterten Schülern gehörte und in den Pausen zusehen mußte, wie die Bauernsöhne Speckbrot aßen. Sein Vater war kaiserlich-königlicher Subalternbeamter, und seine Mutter hatte sieben Kinder. Das siebente war er, und eigentlich hätte er Geistlicher werden sollen, aber der Katechet hatte versichert, er sei zu dumm. Sein Vater sagte, Gott sei Dank, dann wird er eben Offizier. Doch kam dann der Krieg und ging zu Ende, es gab keine Offiziere mehr. Ein so komplizierter Weg hatte Alois Budil zum Richteramt geführt.

Aber auch als Richter saß er im Traum oft in der tintenbekleksten gelben Pultbank, deren Ränder zerschnitzt und deren Flächen schwärzlich zerkratzt waren, und wälzte das Lateinwörterbuch, sah jedes Wort nach, auch wenn er es schon kannte, weil er die Befürchtung hatte, daß ihm vielleicht eine Nebenbedeutung nicht geläufig war. Sein Vater hob den borstigen Kopf und sagte: Du mußt etwas leisten. Neben ihm saßen Bauernsöhne, die aßen Speck. Sie schnitten mit ihren Hirschfängern lange Streifen ab und schoben sie in den Mund, dazu schnitten sie Brotstreifen ab und schoben sie nach. Sie ließen ihn nicht nur zuschauen, sondern taten sich auch noch etwas zugute darauf, denn ihr Speckbrot machte sie zu einer höheren Sorte Mensch. Seine Mutter hob ihr graues Gesicht und sagte: Du mußt etwas leisten. Jetzt war sie tot, nachdem sie allen Voraussagen zum Trotz achtzig geworden war, und seit vier Jahren war der Landesgerichtsrat verwaist. Da war allerdings noch Stephanie.

Es war eine interessante Vorstellung, daß nicht Antonie Mrazek, sondern Stephanie ein Kind zur Welt gebracht und unter ihrem rotgewürfelten Kissen erstickt hätte. Leider war das in Anbetracht ihrer fünfundsiebzig Jahre unmöglich. Vielleicht konnte sie aber ein anderes Verbrechen begehen: Betrug, Urkundenfälschung, Brandstiftung. Natürlich war das kein Wunsch, sondern nur eine spielerische Variation der Wirklichkeit, und die Überlegung, wie man die Stumme zu einem Verbrechen veranlassen könnte, kam ihm überhaupt nur ganz kurz, um sofort wieder in ihre Absurdität zu versinken. Es war eben auch ein Kreuz mit Stephanie. Dabei tat sie gar nichts. Sie war nur da. Sie war eine Zeugin.

Wenn sie den Tisch abgeräumt hatte, blieb er bewegungslos sitzen und wartete. Dabei starrte er auf das altmodische Nachtkästchen seiner seligen Mutter, das etwas Bedrohliches hatte. So vergingen fünf oder zehn Minuten, dann kam Stephanie noch einmal herein. Sie sah sich mit ihren argwöhnischen grauen Blicken im Zimmer um, während sie seine Bettdecke zurückschlug. Er saß inzwischen da, rührte sich nicht und sah auf sein Nachtkästchen, dem sie verdächtig nahe kam. Aber sie durfte es nicht berühren. Das war ein Gesetz.

Dann ging sie, und der Landesgerichtsrat verharrte in seiner Untätigkeit, bis sich ihre steifen Schritte in eine entfernte Ecke der Wohnung verloren hatten, ehe er seine Tasche heranholte, den Akt Wilhelm Keuter und Genossen und den Akt

Mrazek herausnahm und beide behaglich auf den Tisch breitete. Jetzt sind wir unter uns, dachte er, jetzt werden wir uns konzentrieren. Er verweilte mit einer stillen Freude bei den Personalien, ehe er seine Überlegungen fortsetzte. Die Personalien waren das einzig Wirkliche an der ganzen Geschichte, die standen fest. Alles andere war Spekulation, ungewiß, dem Ermessen, der Erfindungskraft, der Genauigkeit überlassen. Dieser Mrazek ist also der Herr Bräutigam durchgegangen. Nobel, nobel. Wahrscheinlich hat er ihr auch noch das Sparbüchel leergemacht. Ich muß sie fragen, ob er ihr das Sparbüchel leergemacht hat, aber nein, das wird sie leugnen, da wird sie böse werden, bestimmt. Warum hat sie auch einen Mord begangen und nicht einen verpönten Eingriff vornehmen lassen, da wär' ihr gar nichts passiert, höchstens drei Wochen Arrest bedingt, blöder Trampel, recht geschieht ihr, einsperren, bis sie zur Besinnung kommt, überführen, dem Staatsanwalt übergeben, damit die Gerechtigkeit ihren Lauf nimmt.

Die Nichte des Oberstleutnants ging ihm nicht aus dem Kopf. Sie war sicher viel jünger als die Mrazek, fünfundzwanzig oder dreißig, groß und dunkel, sehr dunkel, sie besuchte den kranken Oberstleutnant und brachte Blumen. Dann ging sie ins Nebenzimmer und spielte Klavier. Sie spielte die Ungarische Rhapsodie Nummer 2 von Liszt. Der Oberstleutnant hörte zu und dachte an seine Jugend. Die Mrazek hörte auch zu und lärmte voll Wut mit dem Geschirr, denn sie konnte nicht Klavier spielen. Sie wußte, daß der Oberstleutnant jetzt ganz weich wurde, und nachher würde die Nichte zu ihm schleichen und ihm sagen: Die Mrazek hat dir das Bett schlecht gemacht, erlaube, daß ich's dir richte, und der Oberstleutnant ächzte ein bißchen, ließ sie das Testament aus der Lade holen und kürzte das Legat für die Mrazek auf eine Bettelsuppe. Da schmiß sie das Geschirr hin und ging spazieren. Die Nichte spielte weiter die Ungarische Rhapsodie Nummer 2 von Liszt. Sie spielte sie auch jetzt, groß und dunkel, sehr dunkel.

Die Mrazek lag in ihrer Zelle und konnte bestimmt nicht schlafen. Sie dachte: Der Landesgerichtsrat Budil ist ein guter Mensch, morgen werd' ich ihm ein Geständnis ablegen, damit er nicht soviel Arbeit hat. Aber nein, sie schlief, der Trampel, sie träumte von ihrem Sparbücheldieb und verließ sich auf den guten Landesgerichtsrat Budil, der sie bald wieder zu ihm zurückschicken würde. Der Oberstleutnant wartete auf seinen Topfenstrudel. Die Nichte schlich ins Kabinett, während die Mrazek einkaufen war, deckte ein Kissen über den Säugling und setzte sich drauf. Dabei schaute sie sich eine Modezeitschrift an. Dann stand sie auf und ging Klavier spielen. Als die Mrazek zurückkam, war das Kind tot. Sie dachte, sie hätte das Kissen versehentlich drübergeworfen, und in ihrer Angst wickelte sie die Leiche in eine Zeitung und trug sie zum Abfallkübel, und der Oberstleutnant hörte dem Klavierspiel der Nichte zu und dachte an seine Jugend.

Was ist das überhaupt für ein Mensch? fiel dem Landesgerichtsrat ein, der duldet, daß seine Haushälterin ihr lediges Kind in der Wohnung hält? Das Kind muß doch von ihm sein. Schau, wird er der Mrazek gesagt haben, das Kind muß weg. Ich bin ein alter Mann, ich hab' die Gicht, ich muß gepflegt werden, Tag und Nacht. Bring ihn um, den Balg, und schmeiß ihn weg. Alterverdienter Militär, kurz und bündig. Außerdem, liebe Antonie, hab' ich nur eine kleine Rente, und wenn das Kind größer wird, braucht es Schuhe und frißt für drei, also schau, das geht nicht, das mußt du einsehen. Die Mrazek, die für diese Tat nicht voll verantwortlich zu machen ist –

Da haben wir's, nicht voll verantwortlich, darüber gibt es einen Paragraphen. Aber das geht mich nichts an, das entscheidet der Vorsitzende in der Verhandlung.

Ihn ging überhaupt das Ganze nichts an, er hatte das Kind nicht gemacht, und er hatte es nicht umgebracht, er hatte es nicht einmal gesehen, und das war's, warum die Wahrheit so schwer zu finden war. Er hatte nur die Mrazek gesehen, und die konnte eine Mörderin sein oder auch keine. Die Wahrheit mußte aus den Akten hervorgehen, irgendwo in dem Geschreibsel lag sie versteckt, man mußte sie nur hervorziehen. Natürlich mußte man die Wahrheit finden, das war sehr wichtig, man mußte sich nur Zeit damit lassen, nichts überhasten, eben weil es so wichtig war. Aber die Akten waren Papier, mit krummen Zeichen bedeckt, sie rochen nach Moder, das kam von den Depoträumen, in denen sie vorher gelagert waren, Stöße von Aktenpapier, Jahre um Jahre, um beschrieben zu werden, gebündelt und in anderen Depoträumen versenkt. Inzwischen kam die Nacht und machte einen müde.

Sein Kopf war schwer, die Akten waren Papier und rochen nach Moder, vielleicht rochen sie auch so von dem Farbband der Schreibmaschine. Die Kunert hatte sie mit Buchstaben beklopft, mit großen, grauen Buchstaben, hatte ihre Stunden abgeklopft und war nach Hause gegangen. Die lag jetzt längst im Bett oder küßte unter einem Haustor, und er saß da, die Zeilen verschwammen vor seinen Augen, die Mrazek war weit, und alles war gar nicht wahr.

Es war nur erfunden, um einen zu beschäftigen, die Jahre seines Lebens auszufüllen mit mühsamer Arbeit, denn dazu war man geboren wie der Vater, der auch schon die Nächte durch über Akten gesessen war, Akten, die sich über fremden Schicksalen schlossen, und wie der Großvater, der Furchen gezogen hatte in fremde Äcker.

Alois Budil sah von den Akten auf, denn der Kopf tat ihm weh, und sah auf die Kuckucksuhr, auf sein eisernes Bett und auf sein Nachtkästchen. Es sah nun nicht mehr bedrohlich aus, sondern klein und alt und gemütlich. Die Decke war zurückgeschlagen, und alle Glieder sehnten sich nach Schlaf.

Er wagte aber noch nicht aufzustehen. Die Kuckucksuhr zeigte zwei, und er befahl sich, noch eine halbe Stunde auszuharren, damit der Gerechtigkeit Genüge getan war. Diese letzte halbe Stunde verbrachte er aber nicht mehr mit Überlegungen, sondern saß nur da und sonst nichts. Vielleicht sann er noch dem Geschmack der Abendsuppe nach oder seiner Leber, die ihm leise und unaufdringlich weh tat, vielleicht schon einem Traum. Schließlich erlöste er sich von seinen Leiden.

Er stand auf, es war, als knackte es in seinem Knochenbau, er hob die Arme und ächzte, dann nahm er den Akt Keuter und Genossen und stopfte ihn in die Tasche. Den Akt Mrazek nahm er unter den Arm. Gebückt ging er zu seinem Bett, ein Mann, der seine Pflicht getan hatte bis zur Grenze des Möglichen. Er legte den Akt auf das Nachtkästchen, zog sich aus und putzte sich die Zähne, dann fuhr er in sein langes Nachthemd, welches das Nachthemd seines seligen Vaters war, bückte sich und öffnete das Nachtkästchen. Eine kleine Staubfahne wehte unter das Bett. Der Modergeruch wurde zu einer Wolke. Er legte den Akt Mrazek zuoberst auf einen Stoß von anderen Akten, die hier seit vielen Wochen verstaubten. Dann drehte er das Licht ab und wünschte sich eine gute Nacht.

Der Landesgerichtsrat fuhr zusammen, als ihn mitten auf dem Gang jemand ansprach.

Schräg über ihm schwebte ein großes rundes Gesicht mit dünner rosaroter Haut. Der rotblonde Schnurrbart und das freundliche Lächeln gaben dem Gesicht etwas Onkelhaftes.

»Sie bearbeiten doch den Fall Keuter und Genossen?«

Ein Angriff. Man überfiel ihn mitten auf dem Gang. Er verstand überhaupt nichts, verfolgte fasziniert die Mundbewegungen des Feindes, und das Lächeln machte ihm Grauen.

»Unter den Beschuldigten befindet sich doch auch ein gewisser Leo Heymerle, nicht wahr?«

»Heymerle«, sagte Budil. Er versuchte, sich irgendwo anzuhalten, fand aber nichts; er stand weit weg von der rettenden weißen Wand. Auf den Fliesen hallten Schritte, und zwei Herren führten ein Flüstergespräch mit einer Dame, die in der Mitte ging und lachte. Es war kalt. Das onkelhafte Gesicht sprach unentwegt weiter.

»Es liegt uns nämlich eine Haftbeschwerde vor. Sie wissen ja, der Vater dieses Heymerle ist der Anwalt gleichen Namens.«

»Eine Haftbeschwerde.«

»Ja, es ist angeführt, daß der Beschuldigte kurz vor der Matura steht und die Zeit dringend zu Vorbereitungen benötigt, außerdem wird in dem Gesuch behauptet, der Beschuldigte sei von der Ausführung der Tat abgestanden. Trifft das zu, Herr Kollege!«

»Nein!« rief Budil. Er hatte keine Ahnung. Er hatte sich mit dem Fall Keuter und Genossen in letzter Zeit überhaupt nicht beschäftigt. Den Beschuldigten Leo Heymerle hatte er noch nicht zu Gesicht bekommen. Wenn er aber ja sagte, dann ging die Sache weiter, dann mußte er wieder Stellung nehmen und mit Auskünften aufwarten, die ihm nicht zu Gebote standen.

»Das wundert mich aber sehr«, sagte das rosarote runde Gesicht und bekam plötzlich einen bekümmerten Ausdruck. »Die Beschwerde ist von Dr. Heymerle selbst unterzeichnet, und ich denke doch, daß wir Dr. Heymerle nach wie vor für eine durchaus integre Persönlichkeit halten müssen. Wie ist Ihre Meinung?«

»Eine durchaus integre Person«, sagte Budil. Er kannte den Anwalt nicht.

»Dr. Heymerle führt in seiner Beschwerde auch aus, daß ein Fluchtverdacht nicht vorliege, da ja sämtliche Mitglieder der Bande in Haft seien und sein Sohn Leo zweifellos nur ein mißleiteter Mitläufer gewesen sei. Wie stehen Sie zu dieser Behauptung, Herr Kollege?«

Budil sah sich um. Der Gang war leer, er streckte sich im trüben Licht, das durch die Hoffenster einfiel, und niemand kam ihm zu Hilfe.

»Ich werde mich damit befassen«, sagte er schwach.

»Vielleicht wäre es am besten, Herr Kollege, wir würden gemeinsam in den Akt Einblick nehmen?«

»Sie meinen –?«

»Ich denke, daß wir uns ernsthaft mit der Beschwerde beschäftigen müssen.«

»Gewiß«, sagte Budil und straffte sich. Falsch angepackt, meine Herren! frohlockte er. Den Akt Keuter und Genossen hatte er bei sich.

»Wenn Sie gestatten, komme ich gleich einen Sprung mit auf Ihr Zimmer.«

»Bitte sehr.« Budil machte eine großzügige Armbewegung.

Vor der Tür seines Amtszimmers gab es eine kleine Zeremonie. Jeder wollte dem anderen den Vortritt lassen, schließlich griffen sie gleichzeitig nach der Klinke und stießen mit den Händen zusammen. Budil rieb sich die Finger, als er hinter dem Besucher sein Zimmer betrat. Die Schriftführerin war Gott sei Dank nicht da.

»Ich bin gerade beim Studium des Akts«, sagte Budil eilfertig, sprang vor und bückte sich unter den Schreibtisch, um nach seiner Tasche zu greifen. Dabei ließ er den Besucher aber nicht aus den Augen. Der Besucher sah sich mit raschen Blicken im Zimmer um.

Ein Vorwand! sagte sich Budil. Man will mich ausspionieren. Gleich wird er nach der Sache Mrazek fragen. Er nahm den Akt aus der Tasche und legte ihn mit zitternder Hand auf den Schreibtisch. Dann trat er zurück.

»Ich bitte sehr«, sagte er ergeben.

Der Besucher neigte sich über den Tisch und stützte sich mit der Linken auf. Er hatte gepflegte breite Fingernägel. Feiner Seifengeruch ging von ihm aus.

»Da haben wir's«, murmelte er. Er schlug den Polizeibericht auf und überflog zwei Seiten. Budil stand daneben, verkrampfte die Hände ineinander und bewegte unaufhörlich die Finger.

Der Besucher sagte, ohne aufzublicken: »Soviel ich sehe, war dieser Leo Heymerle aber an der Tat wirklich nicht beteiligt. Zumindest geht das aus dem Polizeibericht hervor.« Nun sah er auf. Er hatte kleine wasserhelle Augen, die blinzelten.

»Haben Sie bei der Vernehmung einen anderen Eindruck gehabt?«

Er hat den Polizeibericht gar nicht durchgelesen! sagte sich Budil. Er lügt!

»Ich hatte allerdings einen anderen Eindruck«, sagte er laut.

»Darf ich das Protokoll sehen?«

Budil deutete auf den Akt.

»Hier finden Sie alles.«

Der Besucher machte sich wieder ans Blättern. Unterdessen mühte sich Budil, den Fall Keuter wieder in sein Gedächtnis zu bannen. Es war wie ein Krampf. Er sah auf die gepflegten Fingernägel, atmete den Seifengeruch ein und kam nicht von der Stelle.

»Besagten Leo Heymerle habe ich nur einmal kurz vernommen«, sagte er plötzlich. »Ich halte mich vorläufig an die Aussagen des Hauptbeschuldigten Wilhelm Keuter. Außerdem habe ich in der Zwischenzeit eine andere Sache bekommen, eine Mordsache –«

»Mordsache?«

»Ja«, sagte Budil und erschauerte vor seiner eigenen Kühnheit. »Die Sache Mrazek.«

»Das ist doch ein Kindesmord!«

»Gewiß. Ein Mord.«

»Ja – aber Herr Kollege: die Sache Keuter hat doch zweifellos Vorrang, es handelt sich um ein umfangreiches Verbrechen: schwerer Raub, Leichenschändung, Diebstahl, Betrug, Unterschlagung – eine organisierte Räuberbande.«

»Ich habe mich zunächst mit dem Mord befaßt«, sagte Budil knapp.

»Ich will Ihnen keineswegs Vorschriften machen. Ich möchte nur darauf hinweisen, daß sich der Akt Keuter seit drei Wochen in Ihren Händen befindet.«

»Ich werde den Beschuldigten Heymerle noch heute vernehmen«, sagte Budil.

»Sie haben ihn nicht noch einmal vorführen lassen?«

»Noch heute«, sagte Budil.

»Aber bisher nicht?«

»Nein.«

»Sie hätten den Beschuldigten vernehmen müssen, Kollege.«

»Ich bin nur ein Mensch«, sagte Budil.

Es entstand eine lange Pause. Budil stand da und schaute

starr auf den Besucher, der die Augen niederschlug und mit dem Akt spielte. Dann schien er sich einen Ruck zu geben und sah auf.

»Wir werden der Beschwerde stattgeben müssen«, sagte er.

»Stattgeben, meinen Sie?«

»Ja. Dr. Heymerle ist im Recht, da seit zwanzig Tagen außer der ersten Vernehmung in der Untersuchung nichts erfolgt ist.«

Sein rosarotes Gesicht war wieder freundlich und lächelte. Es war das Lächeln des Henkers.

Kaum hatte sein Besucher ihn verlassen, begann Budil mit hastigen Schritten sein Zimmer zu durchmessen, von der Tür zum Fenster, und vom Fenster zur Tür. Man wollte ihm an den Leib rücken, wie schon mehrmals in seinen sechsundzwanzig Dienstjahren. Den Herren paßte seine Gründlichkeit nicht! Diesmal kamen sie schon nach acht Wochen – und mit welcher Tücke! Er habe vergessen, einen Häftling zu vernehmen – so? Und was war mit den langen Nächten, die er über den Aussagen des Wilhelm Keuter brütend abgesessen hatte? Mit wütendem Eifer überlas er den Polizeibericht und die Protokolle seiner Verhöre mit dem Hauptbeschuldigten. Jawohl, es handelte sich um ein ausgedehntes und weitverzweigtes Verbrechen! Eine solche Untersuchung konnte man doch nicht im Handumdrehen erledigen.

Er wühlte im Polizeibericht. Der Beschuldigte Heymerle – Heymerle – was? soll an der Tat nicht beteiligt gewesen sein?

»... begaben sich die Beschuldigten Keuter, Marek Franz, Marek Walter, Heymerle und der inzwischen verstorbene Fischer auf einen Lastwagen, welcher von Fischer gelenkt wurde und welchen die Brüder Marek ihrem früheren Dienstgeber, dem Dachdeckermeister Hoffinger Leopold, entwendet hatten, zum Lagerplatz ...«

»Keuter, Marek, Marek, Heymerle und Fischer.« Und inwiefern war der junge Herr Heymerle an dem Verbrechen dann nicht beteiligt?

Er griff mit zuschnappenden Fingern nach dem Telephon

und wählte bebend die Nummer der Gefangenenhaus-Inspektion. In energischem Ton verlangte er die sofortige Vorführung des Häftlings Leo Heymerle. Er wurde gebeten zu warten, und dann wurde ihm mitgeteilt, daß der Häftling Leo Heymerle soeben aus der Haft entlassen worden sei.

Eine Falle. Man wollte ihm an den Kragen. Dabei hatte er recht gehabt, nicht formell, aber sachlich. Darauf mußte er sich berufen. Was die Mrazek betraf, so war sie schuldig, zwar nicht geständig, aber durch hinlängliche Beweise ihres Verbrechens überführt. Die Akten in seinem Nachtkästchen waren lauter Hiobsbotschaften, lauter Todesurteile. Alle waren schuldig, wenn auch nicht geständig, so doch ihrer Verbrechen überwiesen. Es galt zu handeln. Zu jedem Akt drei, vier Zeilen. Überwiesen, fertig, unterschrieben, gesiegelt, an den Staatsanwalt. Und dieser Akt Keuter – morgen würde er die Brüder Marek vernehmen, schuldig, überwiesen, der Hauptbeschuldigte war sowieso überführt. Auf und ab gehend entwarf er einen Feldzugsplan zu seiner Rechtfertigung. Er vergaß darüber seinen täglichen Weg ins Gasthaus. Als die Schriftführerin vom Essen kam, schickte er sie fort, um ungestört nachdenken zu können. Er wußte nicht, daß zu dieser Zeit schon eine Disziplinarkommission zusammengetreten war, um über seine Verfehlungen zu beraten.

Es war halb fünf, kurz vor Dienstschluß, als die Herren der Kommission bei ihm eintraten. Zuerst kam der Besucher mit dem onkelhaften Gesicht, dann kam ein gewichtiger Herr, gebeugt, mit grauem Schädel, zuletzt ein jüngerer Richter, blaß und bebrillt. Sie entschuldigten sich für ihr Eindringen, und der ältere Herr, in dem Budil zu seinem Schrecken einen Senatspräsidenten erkannte, suchte sich einen Platz. Dann teilte er Budil schweratmend mit, man habe sich leider genötigt gesehen, ein Disziplinarverfahren gegen ihn zu eröffnen.

»Es ist ja nicht das erste Mal, Herr Kollege«, sagte er mit trauriger Miene, und die beiden anderen Herren nickten ernst und bestätigend.

Budil schluckte, nickte ebenfalls und sagte nichts. Der Senatspräsident erkundigte sich nach dem Fortgang seiner Arbeit.

»Ich bin zufrieden, Herr Senatspräsident«, sagte Budil mit einem künstlichen Lächeln. »Wenn Sie die Sache mit der Haftbeschwerde meinen, so kann ich Sie beruhigen. Der Beschuldigte Leo Heymerle, der heute auf Veranlassung – ich weiß nicht wessen – aus der Haft entlassen worden ist, war an der Tat nicht unbeteiligt, wie sein Vater weismachen will, im Gegenteil –«

»Ich bin über den Fall ausreichend informiert«, sagte der Senatspräsident. »Wenn der Beschuldigte an der Tat maßgeblich beteiligt war, so ist die Sache um so schlimmer, Kollege Budil. Denn Sie haben dem Gesetzesbrecher die Handhabe geliefert, sich der Haft zu entziehen, da Sie es zwanzig Tage lang versäumt haben, ihn zu vernehmen. Wie konnten Sie das nur versäumen?«

Budil zog es vor zu schweigen.

»Sie haben, wie Sie angeben, inzwischen den Fall der Antonie Mrazek bearbeitet. Wie weit sind Sie damit? Der Staatsanwalt drängt auf Anklageerhebung.«

»Ich werde die Untersuchung morgen abschließen.«

»Darf ich den Akt sehen?«

Darauf gab Budil keine Antwort.

»Ich habe Sie gebeten, Herr Kollege, mir den Akt zu zeigen.«

Budil schluckte, riß die müden Augen auf und sagte: »Ich habe den Akt nicht hier, Herr Senatspräsident.«

»Nicht hier –?«

»Ich pflege auch nachts zu arbeiten, in meiner Wohnung. Ich habe den Akt dort vergessen.«

Die drei Herren sahen einander an, der jüngere Richter hob die Schultern und verkrampfte die Muskeln an seinem mageren Hals. Die beiden gewichtigen Herren nickten einander zu. Der Senatspräsident drehte sich samt seinem Stuhl voll zu Budil und sagte: »Kollege Budil, es wurden Ihnen seit Beginn Ihrer Tätigkeit am Straflandesgericht Wien dreizehn Fälle zur

Untersuchung übergeben. Sie haben die Untersuchung in keinem einzigen Fall abgeschlossen. Darf ich Sie bitten, mir die Akten zu zeigen?«

Er hatte große, dreieckige Augen, die nicht böse blickten, sondern voll Gram, und seine dicke Unterlippe wölbte sich vorwurfsvoll.

»Ich habe den Fall eines Arztes, eines Hilfsarztes –«, begann Budil.

»Diesen Fall hatte bereits Ihr Vorgänger abgeschlossen. Sie hatten ihn nur durchzulesen und Ihr Aktenzeichen draufzusetzen.«

Budil machte eine halbe Drehung und sank auf seinen Schreibtisch. Dann begann er zu weinen. Der jüngere Richter und der Herr mit dem onkelhaften Gesicht waren schon bei ihm und legten ihm die Arme um die Schultern. Er wußte nicht mehr, was vorging, er hörte nur Wortströme ohne Sinn, aber in tröstlichem Ton, und der Umstand, daß sie ihn nicht beschimpften, sondern trösteten, brachte ihn vollkommen aus der Fassung. Er senkte sein Kinn auf die Brust und weinte laut.

»Ein schwerer Nervenzusammenbruch!« hörte er den Senatspräsidenten sagen.

Dann saß man in einem Auto, stieg Treppen hinauf, das Stiegenhaus war dunkel und vertraut, und Budil, der nun nicht mehr weinte, sondern nur manchmal ein Würgen in der Kehle spürte und ein- oder zweimal laut aufschnaufte, führte.

Die Herren sahen Stephanie, sahen das eiserne Bett, die Kuckucksuhr und das Nachtkästchen. Als Budil es öffnete und eine kleine Staubfahne unter das Bett wehte, wäre er beinahe gestrauchelt und mußte sich stützen.

Unheimlich! dachte der jüngere Richter, der eine romantische Ader hatte, und faßte sich aufgeregt an die Brille. Die beiden älteren Herren standen stumm da und sahen entsetzt auf das Aktengrab. Budil trat zur Seite, er machte einen fast tänzerischen Schritt, stützte sich mit der Linken auf das Nachtkästchen, welches das Nachtkästchen seiner seligen Mutter war, und wies mit der Rechten auf seine Schmach.

Ihm gegenüber in der Tür stand Stephanie, unbewegt und sehr gerade, und ihre starren grauen Augen sahen über die Köpfe der drei Richter hinweg auf den Verbrecher.

Der verlorene Vater

Herr Eduard Fischer war in Frau Klaras Wohnung hinaufgestiegen und übte mit ihrem zehnjährigen Sohn Klavier. Der Sohn hieß Klaus und war ein kleiner Dicker mit blauschwarzem, wolligem Haar und ewig schmutzigen Fingern. Meist waren sie voll Tinte, diese Würstelfinger, die mit großer Beharrlichkeit falsche Töne griffen. Herr Eduard Fischer sah mit konzentriertem Gesicht auf sie nieder, und die Grobheiten, die ihn würgten, blieben ungesagt.

»Die Schule der Geläufigkeit« hieß das Heft, das Herr Fischer energisch aufgeschlagen hatte, als er sich mit ein paar ermunternden Worten neben seinem Schüler auf den roten Plüschhocker gesetzt hatte. Derjenige jedoch, der in dieser Schule die Geläufigkeit lernen mußte, war nicht der dicke Klaus, sondern Herr Fischer selbst. Er kam jeden Abend, um mit Klaus zu üben, wobei er Eifer und Fürsorge heuchelte, denn nachher aßen sie zu dritt, und das war seinen Bestrebungen zuträglich. Das freundliche Zimmer war genau das, was er sich wünschte: die großen Fenster mit Samtvorhängen bedeckt, zwei, drei kleine Bilder in Goldrahmen an der in mildem Gelb tapezierten Wand. Besonders hübsch machte sich der dünne goldene Strich unter dem dicken braunen, der die Tapete von der weißgetünchten Decke schied. Der solide schwarze Bösendorfer Flügel, ein niedriger, gleichfalls schwarzpolierter Glasschrank mit Büchern, in dessen einem Fach jedoch mehrere gutaussehende Flaschen mit Schnäpsen und Likör standen und ein dazugehöriges Service aus Kristallglas. Über dem Tisch strahlte ein ursprünglich für Kerzen berechneter Luster gedämpftes Licht, das angenehm war wie die Wärme, die von dem Füllofen ausging, und jedenfalls angenehmer als das scharfe Licht der Klavierlampe.

Er selbst hatte sich in seiner Wohnung diesen ihm so nötigen Komfort noch nicht wieder schaffen können, und wozu auch? Eines Tages würde er ja hierher übersiedeln, und schon jetzt betrachtete er Frau Klaras gemütliche Dreizimmerwohnung als sein eigentliches Heim.

Du Tier, du Bestie, du gefährlicher Volltrottel! sagte Herr Fischer im Geist. Hörst du nicht, wie sich der alte Carl Cerny im Grab umdreht? Carl Cerny war der Verfasser jener »Schule der Geläufigkeit«, und der Knabe spielte betäubend falsch.

»Fis«, sagte Herr Fischer in väterlichem Ton. »Es ist ein Kreuz vorgezeichnet, wie du siehst. Fang noch einmal an, und merk dir's gut: fis, immer fis.«

»Ja«, sagte der Knabe hoffnungsvoll.

Gern hätte Herr Fischer ein scharfkantiges Lineal in der Hand gehalten und es bei jedem Fehler dem Schüler auf die Finger sausen lassen, wie es sein Vater immer gemacht hatte, wenn er mit verkniffenem Gesicht die Klavierübungen der Söhne bewacht hatte. Oft ertappte Eduard sich jetzt bei irgendeinem Zug seines Wesens, der ihn dem Alten ähnlicher machte, dem Alten, dessen Pedanterie und despotischen Sinn er in seinen jungen Jahren nicht ertragen hatte. Herr Eduard Fischer wußte sich damals schon im Besitz eines weicheren Gemüts, das hatte er von seiner armen Mutter, die dem allzu geregelten Leben mit fünfundvierzig Jahren erlegen war. Achtzehnjährig auch wußte er schon, daß er dem Vater nicht den Willen tun würde, Historiker zu werden wie sein Bruder, der sich später bis zu seinem Kriegstod in einem staatlichen Archiv langweilte, sondern daß er sich ein gesichertes und behagliches Leben erobern würde. Als dann der Alte draufkam, das war 1928, daß er nicht an der philosophischen Fakultät inskribiert hatte, sondern an der Hochschule für Welthandel, war der Bruch vollzogen. Eduard wurde ausgestoßen, mußte mangels eines Einkommens die Hochschule verlassen, wurde Vertreter für Galanteriewaren, was dem Alten, wie er belustigt hörte, ein Graus war, und verlegte seine Tätigkeit erfolgreich nach Rumänien. Kaum war er einundzwanzig und volljährig, beteiligte er sich trotz der Wirtschaftskrise mit dem Erlös des mütterlichen Erbteils an einer Lederhandlung. Die Sekretärin eines norddeutschen Geschäftsfreundes, die er zu jener Zeit kennenlernte, war praktisch genug, ihn zu heiraten und mit ihren Ersparnissen die Lederhandlung zu vergrößern. Dann war auch die Krise vorbei, und das Geschäft ging gut.

Herr Eduard Fischer hatte in seinem Gedächtnis eine tote Zone, darin war alles eingeschlossen, was ihn seither geplagt, geängstigt und geschädigt hatte: die Einberufung, die der selbstgebauten Existenz ein Ende setzte, die Kasernenzeit, gemildert durch ein kurzes und relativ bequemes Zahlmeisterleben; der Alte, den man nie los wurde, weil er durch die Scherereien, die er aller Welt machte, immer wieder Mittelpunkt aufgeschreckter Besorgnisse wurde: 1934 gemaßregelt, weil er sich drei Monate weigerte, der Vaterländischen Front beizutreten, 1939 wegen staatsfeindlicher Äußerungen vor versammelter Schülerschaft mit Gefängnis bedroht, dann gnadenhalber doch nur in Pension geschickt; Eduards Versetzung zur Truppe, der Tod seines Bruders, des Archivars, als Minensucher in Finnland, und der groteske Tod von Eduards Frau, die es 1940, als er nicht mehr da war, wieder in ihre Heimat gezogen hatte und die dort an einer Blutvergiftung, die sie sich bei Aufräumungsarbeiten nach einem Bombenangriff zugezogen hatte, starb. Die Gefangennahme, bei der es beinahe noch einen Toten in der Familie gegeben hätte, die Gefangenschaft, in der man nicht lebte, sondern gerade nur dem Sterben entging, die Rückkehr ins Nichts, das gebombte Geschäftslokal, der bei Kriegsende geflohene Kompagnon, der Herrn Fischers Geld irgendwo verjuxte, nachdem er mit Heereslieferungen noch dick verdient hatte, und 1948 mit dem unschuldigsten Gesicht und wegen verbrannter Geschäftsbücher nicht nachweisbarer Schuld wiederauftauchte: all das war aus dem Gedächtnis verbannt. Nur ein Mal war ihm aus der Wüste der Vergangenheit geblieben: sein Sohn.

Frau Klara, die weiße Küchenschürze noch vorgebunden, brachte auf einem Tablett den Tee und die weißen Brote, die sie äußerst geschmackvoll herzurichten verstand, mit Schinken, verschiedenerlei Wurst und Mayonnaise, hartgekochten und zerschnittenen Eiern, Sardinen und Käse. Herr Fischer verfluchte sich dafür, daß er den Buben die Etüde eben noch einmal hatte anfangen lassen, der Tee würde kalt werden, ihm wässerte der Mund nach den zierlichen Sandwiches, und der kleine Schurke klimperte, nun plötzlich aufmerksam, den Anfang der Etüde, die in ihrer ganzen Länge und in seinem Tempo volle zwölf Minuten beanspruchte.

»Er macht schöne Fortschritte, nicht wahr?« fragte Frau Klara nach einem gefühlvollen Blick über den Kopf des Kleinen hinweg. Er machte gar keine Fortschritte, er hatte vor zehn Tagen genauso geklimpert, um nichts schlechter, wenn hier von schlechter noch die Rede sein konnte. Er war eben unmusikalisch, dazu dumm und zerstreut, und es war unnütze Grausamkeit, ihn Klavier spielen zu lehren.

»Gewiß«, sagte Herr Fischer. »Er macht große Fortschritte. Wir haben noch etwa zwanzig Minuten zu spielen.«

»Nein!« rief Frau Klara. »Der Tee wird kalt. Hört jetzt auf, ihr habt euch genug geplagt.«

Der Kleine wartete das Ende ihrer Rede nicht ab, sondern rutschte vom Hocker, kaum hatte sie das vom kalten Tee gesagt. Herr Eduard Fischer stand auf und legte ihm erschauernd die Rechte aufs Wollhaar.

»Und jetzt geh und wasch dir noch die Hände vor dem Essen«, sagte er, so väterlich er konnte.

»Tu, was dir der Onkel sagt«, sekundierte Frau Klara mit angenommener Strenge. »Die Tasten sind staubig, weißt du.«

»Wolltest du mir etwas sagen?« fragte sie erwartungsvoll, als Klaus die Tür zugeknallt hatte.

Herr Fischer verstand nicht.

»Ich meine, weil du den Buben hinausgeschickt hast.«

Da ging Herr Fischer hin und küßte sie.

Er küßte sie nicht zum ersten Mal.

Als er 1947 von seinem Geschäft nicht die geringste Spur mehr vorgefunden hatte, schien ihm die Zukunft trotzdem leicht. In der ersten Begeisterung holte er seinen Sohn zu sich, hängte über sein Bett die vergrößerte Photographie seiner toten Frau, versöhnte sich mit dem Alten, fand das schäbige Mobiliar seiner zu drei Vierteln geplünderten Wohnung wunderbar, rauchte mit gesteigertem Genuß richtige Zigaretten, fand Lust an jeder Mahlzeit und lachte alle Pessimisten aus. Nach ein paar Monaten war er selbst einer.

Um in seiner Branche ordentlich zu verdienen, hätte man erzeugen müssen, und es stellte sich heraus, daß man ordentlich verdienen mußte, um so leben zu können, wie man es auf moralischer Ebene verdient hatte. Statt dessen hatte Herr Fischer begonnen, was er vor sechzehn Jahren aufgegeben hatte: Er arbeitete wieder als Vertreter. Es war ein müheloses Gewerbe, denn was es an Waren gab, wurde einem fast unbesehen abgenommen: aber es war so mühelos wie mager. Man mußte sich umstellen, Gelegenheit auskundschaften, Gelegenheit, noch einmal anzufangen, für einen Mann, der schon ein bißchen müde war, ohne die Mittel, die er bei seiner ersten Gründung besessen hatte, und der nicht rechtzeitig dagewesen war, einen der vakanten Plätze zu belegen. Das war die Zeit, in der er den Alten wieder mied, weil ihm das abweisend verkniffene Gesicht von neuem unerträglich wurde. Der Sohn war ihm fremd, ein anmaßender Irgendwer, der mit der größten Kaltblütigkeit von seinem Geld aß, sich kleidete, wohnte und bei den mehr und mehr zufälligen Begegnungen ein mürrisches Gesicht zeigte. Herr Fischer fragte sich oft, wozu er die Fron des Berufs auf sich nehme, und an einem windigen Herbstabend warf er die Photographie seiner toten Frau ins Feuer. Wenn ein Mann allein ist, kann er davongehen. Aber wenn ihn schäbige Möbel, ein frecher Sohn und schmaler Verdienst zurückhalten, muß er bleiben.

Da war Frau Klara: die Steigerung einer Gelegenheit, eine Okkasion, wie man in der Handelssprache sagt. Kein Mädchen mehr, eine geschickte Unternehmerin, knapp über dreißig, halb lockend, halb abweisend. Das Geschäft, eine alte Wiener Spezialität, Erzeugung von Leder- und Galanteriewaren, intakt. Der Mann gefallen. Zuerst dachte man an bloße Zusammenarbeit. Was weiter geschah, lag, soweit es auf

Herrn Fischer ankam, vielleicht daran, daß er wieder einen Wagen fuhr, an dessen Steuer es ihm immer seltener einfiel, daß es nicht sein eigener war.

Der Mann war gefallen, aber er war nicht ganz tot. Da war der Sohn, jenes tintenfingrige Ehehindernis, für den sie einen Vater wollte. Es war ihr nicht zu verdenken.

Und da war Erwin. Sobald Frau Klara herausgefunden hatte, daß Herr Fischer sich mit Erwin nicht besonders gut vertrug, war sie einverstanden, Herrn Fischer zu heiraten, unter der Bedingung, daß Erwin an einen nicht einmal schlimmen, sondern nur fernen Ort verbannt wurde. Nun ging der Handel darum, daß Herr Fischer eine Galgenfrist von zwei Jahren forderte, die zwei Jahre, die Erwin noch brauchte, um seine Gymnasialzeit zu beenden; studieren konnte er anderwärts, aber die zwei Jahre mußte sie ihn im gemeinsamen Haushalt dulden. Ein Provisorium, wie er oft beteuerte.

Es war ein Schwebezustand, während dessen Herrn Fischer noch nicht klar war, daß die Frau niemals nachgeben würde. Er hätte nicht sagen können, warum er in eine vollständige Trennung von Erwin nicht einwilligte. Er bekam ihn ohnehin kaum zu Gesicht. Wenn Frau Klara liebend bohrte, dann wußte er keine Antwort. Es war sein weiches Gemüt.

Herrn Fischer war in diesem Augenblick die genaue Gliederung dieser Problematik nicht gegenwärtig. Frau Klara drängte ihn von sich, murmelte wieder etwas von kaltem Tee und daß Klaus jeden Moment zurückkommen könne.

Herr Fischer räusperte sich. Dann trat er vor den Spiegel, der in gedrechseltem Rahmen an der Wand hing, und richtete sich die Krawatte.

»Der Arme wäscht und putzt sich«, sagte sie zärtlich, »als wäre er ein Kohlenträger.«

Ein Kohlenträger? Ein Tintenfisch ist er, dachte Herr Fischer. Er muß statt der Feder geradezu die Finger ins Tintenfaß tauchen. »Ihr vertragt euch immer besser«, bemerkte Frau Klara träumerisch. »Nicht wahr, ihr vertragt euch immer besser?«

»Ja, ich glaube. Alles ist eine Sache der Gewohnheit.«

»Du mußt aber zugeben, daß er sich sehr bemüht.«

»Natürlich, er bemüht sich sehr.«

»Nicht wahr, du könntest ihn gern haben?«

»Ich habe ihn gern«, sagte Herr Fischer mit Würde.

In diesem Augenblick kündigte der Knabe sein Kommen durch ein Stolpern im finsteren Vorzimmer an. Herr Fischer hatte plötzlich kein Verlangen mehr nach dem dampfenden Tee und den lockend ausgebreiteten Broten.

Willy

Man kann die Menschen nicht einfach frei herumlaufen lassen. Man muß sie bewachen. Im Haus Pfeffergasse 1 erfüllte diese Mission seit 43 Jahren Frau Leopoldine Javurek, Hausmeisterin. War sie auch nicht mehr im Besitz ihrer siegreich sich wiegenden Hüften von einst, ihr wacher Geist hatte nicht gelitten. Sie lag den ganzen Tag am Fenster und wußte alles. Leider hatte sie nicht alles selbst erlebt, aber das war kein Grund, davon zu schweigen.

Manchmal wünschte sie, sie könnte fliegen. Nicht wie im Flugzeug. Einfach so. Auch durch Wände. Alles sehen und hören, überall dabeisein. Da sie nicht fliegen konnte, blieb ihr nichts, als Wachtposten zu beziehen.

In ihrer Umgebung hatte sich in den 43 Jahren nichts verändert. Zwei Häuser, die früher gestanden waren, standen jetzt nicht mehr. Sie waren einige Zeit als Schutt herumgelegen. Jetzt war der Boden wieder glatt. Familien tauchten auf und verschwanden. Kinder wurden mehr als genug gemacht, manche zum Schaden der Eltern auch geboren. Aber die alten Leute blieben immer in der Überzahl; es schien, als würden ihrer immer welche dazugeboren, nicht Junge. Manchmal wurde einer eingesperrt, dann war es besonders schade, daß man nicht fliegen konnte, um zu sehen, wie sie ihn ausfragten und alles aus ihm herauskitzelten, alles, die ganze Schandtat. Vor ein paar Tagen hatten sie wieder einen gefangen, einen ganz frechen Burschen. Frau Javurek hatte immer gesagt, mit dem würde es kein gutes Ende nehmen.

Wir haben uns als Spengler ausgegeben und sind in blauen Schlosseranzügen aufs Dach gestiegen. Dort haben wir die Dachrinnen abmontiert, ich und die zwei Dachdecker, haben sie auf einen Handwagen geladen und sind damit um halb Wien gefahren. Wir haben Erwin und Leo getroffen, die haben die zerschlagenen Dachrinnen dem Powolny verkauft, der Powolny ist ein Altwarenhändler. Im Café Blaha haben wir das Geld geteilt. Ich war sehr stolz, daß alles so gegangen ist wie geschmiert. Am nächsten Tag haben wir es in der Zeitung gelesen.

Wir sind auf die Idee gekommen, daß wir auf einem Friedhof Grablaternen abmontieren könnten. Für Bronze zahlte der Powolny ebensogut wie für Zink. Wir trafen uns mit Leo und machten einen Plan. Leo versprach, wenn sie uns erwischen, dann reißt uns sein Alter heraus. Sein Alter ist Rechtsanwalt.

Die zwei Dachdecker waren gleich dabei. Wir beschlossen, es auf dem Zentralfriedhof zu versuchen, wir hatten auch Glück dabei (natürlich ging es nur nachts). Als wir mit dem Handwagen über die Simmeringer Hauptstraße fuhren, stellte uns eine Polizeistreife. Wir ließen den Handwagen stehen und liefen davon. Sie schossen uns nach, aber sie trafen uns nicht. Das mit dem Handwagen war dumm. Vielleicht kamen sie noch drauf, daß er meinem früheren Chef gehörte, dem Kohlenhändler von unserer Gasse. Ich hatte zwei Monate zu seiner vollsten Zufriedenheit gearbeitet, dann hatte er mich hinausgeschmissen.

Wer hört schon auf eine wohlgesinnte schwache Frau? In der Politik machten sie ja auch, was sie wollten, und was hatten sie davon? Zu Anfang hatte die Stadt noch etwas vorgestellt, da war sie die Kaiserstadt gewesen. Drüben im Augarten konnte man, wenn man Glück hatte, ein, zwei Erzherzöge spazieren sehen, und zehn Heller waren ein großes Trinkgeld. Nachher kamen die Roten, und Frau Javureks Umgebung wurde Republik. Damals kamen die Morde auf. Um Brot mußte man sich anstellen. Später gab es noch immer Morde, und das Geld fiel um. Dann kam der Schilling, da hatte es wieder Sinn, in der Lotterie zu spielen. Ein Herr im Nebenhaus, er hieß Steinschneider, machte einmal einen Haupttreffer. Er zog fort und kaufte sich ein Friseurgeschäft. Einmal wurde drei oder vier Tage lang geschossen, besonders bei den

Gemeindebauten, aber dann war die Regierung Herr der Lage, die Aufrührer wurden gehängt, und die Fronleichnamsprozession war wieder zum Weinen schön. Dann wurden alle ans Großdeutsche Reich angeschlossen. Die Straßenbahnlinien wurden nicht geändert, aber die Juden mußten den Gehsteig waschen, und Frau Javurek sah zu. Bald wurden die Juden nach Polen verschickt, sie sagten, man werde sie dort ansiedeln, samt ihren Matratzen wurden sie verschickt, und ein Regierungsrat namens Drobil bekam die Judenwohnung, auf die sie es so scharf gehabt hatte. Inzwischen mußten die Männer einrücken, statt ihrer kamen Fremdarbeiter, die wohnten aber nicht im Haus, sondern in Lagern; man hörte sie nur nachts vor den Haustüren tuscheln, mit irgendwelchen Witwen oder Mädchen. Es waren natürlich nicht irgendwelche: vor Frau Javurek konnte sich keine verstecken, und wenn sie tagsüber das unschuldigste Gesicht machte. Dann kamen die Bomben, das war schon nicht mehr schön, und zuletzt die Russen. Es gab nur Öl und Erbsen, die waren wurmig, und eine Frau im dritten Stock wurde vergewaltigt. Sie war eine starke Person, Rubensfigur, wie man so sagt. Jetzt waren nicht nur die Russen da, sondern auch die Amerikaner, die Engländer und die Franzosen, aber nicht im Bezirk, da waren die Russen allein. Viel merkte man von ihnen allen nicht, wenn man so im Fenster lag. Es gab schon wieder alles zu kaufen, nur Geld gab es wenig.

Warum mein Chef mich hinausgeschmissen hat, weiß ich heute noch nicht. Vielleicht, weil die Kohlen teurer geworden sind; so kauften die Leute nämlich nicht mehr auf Lager, sondern holten sich immer nur zwanzig Kilo im Rucksack ab. Meine Schwester hatte mir gesagt, ich soll mich anständig aufführen und nett zu den Hausfrauen sein, besonders zu den jungen, die geben am meisten. Aber jetzt hatte ich davon nichts mehr. Auf dem Arbeitsamt hatten sie auch nichts für mich. Nicht einmal Bauhilfsarbeiter wurden vermittelt, weil der Winter kam. Da traf ich Erwin. Er schleppte mich zu seinem Großvater, der früher Schuldirektor gewesen war und mir eine Menge erzählte, aber es interessierte mich alles nicht. Es begann erst mich zu interessieren, als Irene kam. Sie war Erwins Kusine und arbeitete in einer Buchhandlung. Sie gefiel auch Erwin, aber er traute sich nichts, wahrscheinlich wegen dem Alten. Ich beschloß sofort, ihr Geld wegzunehmen, und ging allein hin. Ich borgte mir aber nur ein Buch aus.

Irene verstand auf einmal alles, die ganze Welt. Es ging ihr wie Siegfried, als er in dem Zauberblut des Drachen gebadet hatte und die Sprache der Vögel verstand, die ihn warnte. Er kehrte sich aber nicht an die Warnung, denn das Zauberblut war ein Panzer, der ihn schützte.

Wir saßen zusammen im Café Blaha und dachten. Sie, ich weiß nicht an was, ich an ein Auto, und eine Villa wollte ich ihr kaufen, und reisen wollten wir, ans Meer und überallhin. Wir gingen in den Prater und immer weiter, fast bis zur Donau, und dort in der Au war endlich kein Mensch mehr, außer uns. Aber es war scheußlich kalt, noch jetzt kommt mir das Zittern, wenn ich daran denke.

Es war ein widerwärtiger Tag, es schneite, und Frau Javurek mußte den Gehsteig kehren. In den Alpen rollten Lawinen und verschütteten Arbeiter und harmlose Touristen. In Lissabon verhandelten Staatsmänner die Zukunft des Kontinents. Im Osten war es kalt. Was dort verhandelt wurde, stand in keiner Zeitung. Frau Javurek interessierte es auch wenig. Viel lieber hätte sie sich auf Flügeln des Geistes aufgeschwungen, um zuzuhören und zuzuschauen, was sie mit dem Burschen vom ersten Stock jetzt aufführten.

Unser Geld war bald aus, und wir konnten ein paar Tage überhaupt nichts machen. Das andere ist ohnehin in der Zeitung gestanden. Jugendliche Leichenschänder. Weil Leo, der

Idiot, uns den Tip gegeben hat mit der reichen Witwe in seinem Haus und dem ganzen Familienschmuck, den sie angeblich zu ihrem toten Mann in den Sarg gelegt hat. Hat der eine Ahnung von reichen Witwen! Und wir müssen es jetzt ausbaden, also ich wenigstens und die Dachdecker.

Die Illustrierten waren glatt und so glänzend, als hätte sie eben jemand mit nasser Zunge abgeleckt. Mädchenköpfe und Mädchenlippen, nackte Schultern, Hüften und netzbestrumpfte Beine. Mord aus Eifersucht verkündeten die dicken Buchstaben, Liebe in Manila, sie wartete zehn Jahre, der Tod kam expreß. Irene fuhr mit den Händen an die Schläfen, aber ihre Hände waren nicht kühl. Alles klebte. Ihr Magen war schwer wie ein Stein.

C'est si bon! schrie die Negerin, je cherche un millionaire, und eine schmalzige Stimme sang: a million kisses.

Sie saß gebückt, griff unter die Tischplatte, ihre Finger wühlten in den bunten Taschenbüchern mit Mädchen und Revolvern. Die Mädchen knieten, hockten, lagen, ihre Brüste rutschten aus dem Ausschnitt, ihre Knie reckten sich den Revolvern entgegen.

Die runden Rücken der Bücher wölbten sich behäbig. Eins nach dem anderen zog Irene aus dem Regal, drehte es, blätterte, schob es wieder hinein: Le Rouge et le Noir, The Beloved One, Zum Paradies der Damen, In einem anderen Land. Aber nein, er war nicht in einem anderen Land, er war ganz nahe, nur konnte er nicht mehr zu ihr kommen. Manchmal geschah es ihr, daß sie einen Passanten überholen und im Überholen sein Gesicht betrachten mußte, um ganz sicher zu sein, daß es nicht er war. Auch das war Sicherheit.

Wie jeden Abend war Frau Javurek aufs Fensterbrett gestiegen und hatte das Fenster verhängt, mit einer schäbigen, dunkelgrünen, zerfransten Decke. Aus den Wohnungen gegenüber konnte man, wenn sie Licht brennen hatte, ihr ganzes Kabinett übersehen. Es gab Alte, die hatten die Gewohnheit, an ihren dunklen Fenstern zu stehen, so daß man sie selbst nicht sehen konnte, und jede Bewegung in den erleuchteten Wohnungen zu überwachen. Sie taten es Abend für Abend, es war interessanter als das Kino. Aber bei Frau Javurek kamen sie da natürlich an die Falsche.

Der Baum am Fenster winkte dunkel in Irenes Traum, und der Wind rauschte: Es ist soweit. Dann war sie wach und lag auf dem Rücken und zählte die Sterne, die langsam, einer nach dem anderen, erloschen. Das war ihre letzte Frist; schon verkündeten die Spatzen mit zarten Schreien den Morgen.

Die Strafe war umfassend organisiert, es gab keine Erleichterung und kein Entrinnen. Sie hatte gut flüchten: ein Buch aufschlagen und sich vor dem Lärm, der von überallher auf sie einschlug, in eine Welt der Einbildung zurückziehen. Bald waren die Vorstellungen ausgehöhlt, zu Worten zersetzt, denn schon kam die Hitze gekrochen, vom Himmel, von der Straße herauf und von den weißen Mauern gegenüber; sie besetzte methodisch eine Zone nach der anderen, bis sie zuletzt in allen Winkeln nistete. Schwer hängten sich die Glieder an den unbeweglichen Leib, der Kopf war eine hohle Nuß, die dünnsten Stoffe klebten an der Haut. In allen Stuben herrschten die Fliegen.

Herr Lampl und das Schicksal

Es war Herrn Lampls Unglück, daß er zur Stunde allein war. In Gegenwart eines Dritten hätte er besser widerstehen können. Die Wohnung bot keine Rückendeckung. In der einzigen Tür stand der Fremde. Er trug schwarzen Hut und hellen Mantel. Sein Gesicht war hölzern, die Stimme barsch.

»Herr Willy Lampl?«

»Gewiß.«

»Ich habe mit Ihnen zu sprechen.«

Herr Lampl wußte nicht, wer da zu ihm hereinkam. Er hatte auch kein Gefühl, das ihn warnte. Der Einbruch geschah zu schnell. So trat er einen Schritt zurück, der Fremde folgte ihm auf dem Fuß; die Tür war im Handumdrehen geschlossen, und die beiden Männer traten ins Zimmer. Erst jetzt sah Willy Lampl, wie schäbig seine Wohnung war. Er hatte den Staub entfernen, die nicht funktionierende Uhr reparieren, die Fensterscheiben erneuern lassen wollen, aber zu all dem war es jetzt zu spät. Er lächelte, um seinen guten Willen zu zeigen. Der Fremde lächelte nicht. Da begann das Grauen.

Herr Lampl forschte in dem Gesicht des Fremden. Es war kalt und hart. Die Pupillen wanderten langsam über das Weiße der Augen. Der Mann griff in die Tasche. Herr Lampl stand gelähmt. Er sah die fremde Hand unter dem gestreiften Tuch einen kantigen Gegenstand umfassen.

»Herr Willy Lampl, Handelsvertreter?«

»Gewiß. Ich –«

»Sie wohnen hier seit Jahren?«

»Ja! Seit – seit Geburt! Zu Anfang natürlich mit meinen Eltern, aber seit ihrem Tod allein. Es ist sehr angenehm, hier zu wohnen. Man ist ungestört.«

Herr Lampl wußte nicht, welcher Teufel ihm diese Worte diktierte. Er sagte sie nur, um die lähmende Stille wenigstens auf Augenblicke durch den vertrauten Klang seiner Stimme zu unterbrechen. Erst als er die Worte ausgesprochen hatte, kam ihm ihre schreckliche Bedeutung zu Bewußtsein. Mit dieser Versicherung schuf er dem Fremden freie Bahn. Herr Lampl fühlte, wie große Müdigkeit ihn ergriff.

»Sie haben mit meiner Frau geschlafen.«

»Ich ...«

Herr Lampl stürzte in Abgründe des Entsetzens. Kein Ausweg. Das Ende. Und durch einen Irrtum!

»Nie habe ich mit Ihrer Frau ...«

Der Fremde zog eine Zigarettendose aus der Tasche, entnahm ihr eine teure Zigarette und zündete sie an. Wieder erschrak Herr Lampl im Innersten. Man bot ihm nichts an, er war nicht da, es gab ihn schon nicht mehr!

»Es hat keinen Zweck zu leugnen. Meine Frau hat mir alles gestanden.«

Was für eine bodenlose Lüge! Und welche Heimtücke! Eine Anklage, die sich nicht nachprüfen ließ! Ebensogut hätte man sagen können: Beweisen Sie, daß Sie nicht der Doppelmörder M. sind. Wo war die Frau? Warum vertrat sie ihre Anschuldigung nicht selbst?

»Sie haben eine falsche Meinung von mir. Ich ...«

Herr Lampl fühlte selbst, wie sinnlos seine Worte verpufften. Der Fremde zog ungeduldig die Brauen hoch. Man durfte ihn nicht reizen. Vielleicht hatte er recht? Herrn Lampl wurde der Atem zu kurz. Wann hatte er zuletzt mit einer Frau geschlafen? Er eilte durch die Tage nach rückwärts. Da! Eine Blonde, die ihm fünfzig Schilling abgenommen hatte. Eine kleine, dunkle Stenotypistin. Eine Wirtstochter auf einer seiner Reisen. Eine ältliche Lehrerin. Ein Ladenmädchen. Eine Rothaarige. Eine Witwe. Eine Säuferin. Herrn Lampls Gesicht wurde starr vor Entsetzen. Welche von diesen war die Frau des Fremden?

»Sind Sie bereit, irgend etwas zu tun?«

»Selbstverständlich! Ich biete Ihnen jede Entschädigung, jeden Wertausgleich, jede Gegenleistung, jede Genugtuung!«

Genugtuung. Der Teufel schlief nicht. Das bedeutete Duell und Tod.

»Ich mache Ihnen ein Angebot.«

»Ja –?«

Herr Lampl schöpfte vorsichtig Atem. Der Mann bot also doch etwas. Es war mit ihm zu reden. Vielleicht verlangte er Geld. Sehr viel Geld. Man konnte alles versprechen, ihn vertrösten.

»Sie werden aus der Stadt verschwinden, als ob es Sie nie gegeben hätte!«

»Ja –?«

»Sie können sich anderswo eine Existenz gründen, am besten im Ausland.«

»Ja.«

»Ich gebe Ihnen zwanzigtausend Schilling.«

Herrn Lampls Gesicht wurde fahl und schlaff. Eine neue Lüge. Man wollte ihn fortlocken, ihn vernichten. Da kam es schon:

»Sie werden jetzt mit mir auf den Bahnhof fahren. Im Zug gebe ich Ihnen das Geld. Sie werden nie mehr zurückkehren.«

Nie mehr zurückkehren. Gewiß nicht. Die Frau mußte ihn abgründig hassen. Sie war jetzt ganz gegenwärtig. Es war gleichgültig, ob es die Blonde oder die Rothaarige war oder das Bürgermädchen, das er vor viel längerer Zeit einmal geliebt hatte, so sehr, daß er sie täglich belogen hatte. Sie war da. Sie wollte seinen Tod.

»Sind Sie bereit?«

»Ja.«

Herr Lampl warf noch einen flüchtigen Blick um sich, auf den Staub, die Uhr, die zerbrochenen Fensterscheiben, auf all seine Heimat, dann ließ er den Fremden mit einer müden, höflichen Verneigung vor und warf die Tür ins Schloß.

Unten stand ein ehemaliges Militärauto, ein geschlossener Wagen, wie es sie vielfach in Privatbesitz gab. Herr Lampl wunderte sich flüchtig über sein ungepflegtes Aussehen, das deutlich von dem seines Besitzers abstach. Aber er kam nicht dazu weiterzudenken. Der Fremde öffnete ihm höflich den Schlag. Erst als er schon auf dem Lederpolster saß, fiel Herrn

Lampl ein, daß er vergessen hatte, sich die Nummer des Wagens anzusehen. Es war jetzt schon alles gleichgültig. Er würde diesen winzigen von Benzindampf erfüllten Raum nicht lebend verlassen. Der Fremde saß schon neben ihm, der Schlag knallte zu, man fuhr.

Herr Lampl hatte den Gedanken und bestärkte sich darin, daß er leben würde, solange der Wagen fuhr. Es waren auch noch Häuser in der Nähe, Menschen, Fahrzeuge. Man würde seinen Tod registrieren.

Es war unglaublich, wie sicher und leicht, wie ganz unbefangen der Fremde das Steuer handhabte. Herr Lampl sah nicht hin, aber er spürte die Bewegungen neben sich. Die Dämpfe, die innerhalb der stählernen Wände zitterten, begannen ihm Kopfschmerzen zu verursachen; vor seinen Augen tanzte das Schaltbrett, eine blinkende, gut funktionierende Apparatur, die ihn blendete. Er senkte das Gesicht. Sein Blick fiel auf die Schuhe des Fremden, gute neue Schuhe mit doppelter Sohle und glänzend gewichst. Daneben standen grau und abgetreten seine eigenen. Wieviel Schritte hatten sie mit ihm gemacht? Er hing dieser Frage nach, ohne zu denken. Aber in einer tieferen, geheimnisvollen Schicht arbeitete sein Gehirn weiter. Die Hose fiel ihm ein, die seine Mutter mit viel Liebe für ihn genäht hatte, in Nachtarbeit; wie sein Vater mit ihm Griechisch gebüffelt hatte; und die Frauen. Die Frauen! Sein Unglück rührte ihn zutiefst. Fast kamen ihm Tränen.

Der Wagen hielt ganz unvermittelt, und das riß ihn aus seinen Meditationen. Durch die angelaufene Scheibe sah er die Straße im bedrohlichen Grau der Dämmerung. Die Häuser waren plumpe, kantige Schatten. Dicht an der Nase des Wagens schob sich jetzt ungestüm eine Straßenbahn vorbei. Ihr Klingeln war schmerzhaft. Ein Trittbrett glitt vorüber mit zwei Paar gestreiften Hosenbeinen und einem Paar schlanken Seidenbeinen. Dann kamen immer schneller gleitende glatte Wände, ein undeutliches Gewirr verbeulter Hosen, Wollstrümpfe, knorrige Bergschuhe, nackte Kinderschienbeine mit schmutzigen Knien, und zuletzt blieb nur die rauhe Silhouette des Verkehrsposten. Er sah in eine andere Richtung. Herr Lampl fuhr zusammen und hielt den Atem an. Er lechzte nach einem Blick dieses uniformierten Mannes. Er würde ganz unauffällig winken.

Der Verkehrsposten drehte sich und sah nun direkt auf ihn. Er hatte ein blondes Schnurrbärtchen und treue blaue Augen. Er lächelte und streckte mit ausgesuchter, grausamer Höflichkeit den Arm aus. Herr Lampl winkte nicht. Der aufbrummende Motor dröhnte ihm wie Posaunen.

Es war Erleichterung. Herr Lampl wußte sich plötzlich in seinem Schicksal geborgen. Man hatte nicht mehr zu denken. Man war ein Teil der sausenden Fahrt, der Mörder saß daneben wie ein großer Bruder. Es war, als fiele ein Komet in riesigem Flammenbogen von seinem Mutterstern abwärts ins Nichts.

Der Wagen hielt. Der Fremde manipulierte am Schaltbrett, stieß den Schlag auf, daß kalte Luft hereinströmte, und setzte einen Fuß aufs Straßenpflaster. Dann wandte er sich um.

»Wir sind da.«

Herr Lampl erhob sich benommen von seinem Sitz, stieß sich den Kopf an, torkelte ins Freie und folgte dem Fremden, der rasch die Stufen des Bahnhofs hinaufging. In der Halle war ungemütlicher Lärm. Er kam sich ganz verloren vor. Während der Fremde zu einem Kassenschalter trat, bedachte Lampl, daß er die kurze Rast ausnutzen müsse, sich zu fassen und zu überlegen; aber ehe er seine Gedanken noch in Ordnung gebracht hatte, war der Fremde schon wieder bei ihm und drückte ihm eine Fahrkarte in die Hand. Sie durchschritten zusammen die Sperre und gingen nebeneinander den Zug entlang. Es herrschte Abfahrtsstimmung, und der Zug schien voll besetzt. Dennoch fand der Fremde ein leeres Abteil. Drinnen reichte er Herrn Lampl ein Kuvert.

»Machen Sie keine Dummheiten.«

Seine Stimme war nun nicht mehr barsch, sondern wohlwollend.

»Wieso denn Dummheiten?«

»Ich hoffe, daß ich mich auf Sie verlassen kann.«
»Sie können sich ganz auf mich verlassen.«
»Also leben Sie wohl.«
»Leben Sie wohl.«

Der Fremde stieg aus, und gleich darauf begann der Zug aus der Halle zu gleiten. Die Gesichter einiger Bahnbeamten segelten vorbei, das breite Gesicht des Stationsvorstandes mit seiner roten Mütze, und alle lächelten. Herr Lampl lächelte zurück. Dann kamen unerhört viele Schienen, Kohlenhaufen, Tankwagen, Signalmasten; Rußwolken flogen vorbei. Herr Lampl setzte sich schwungvoll und öffnete das Kuvert. Er hatte die Hand voll nagelneuer Tausendschillingscheine.

Die Frau mußte ihn unendlich geliebt haben. Sie liebte ihn noch immer. Sie wollte sein Glück machen. Nehmen Sie das als bescheidenen Dank, hörte er sie sagen, für unvergeßliche Stunden. Die Witwe konnte es nicht sein, sie war grenzenlos geizig gewesen. Den Tee hatte sie immer viermal ausgekocht. Die Wirtstochter war es auch nicht. Die hatte wahrscheinlich ein Kind von ihm und kannte seinen Namen nicht. Die Blonde. Die Säuferin. Die Rothaarige. Keine von ihnen allen war dazu imstande. Eine einzige war es: die kleine, dunkle Stenotypistin.

Nun wußte Herr Lampl alles. Sie hatte ihm seine schmutzige Küche aufgeräumt und seine Socken gewaschen. Sie hätte sich für ihn lebendig zersägen lassen. Herr Lampl erinnerte sich mit Unbehagen, daß sie sich öfters ganz klein zusammengerollt und so an ihn herangedrängt hatte. Ihre hündische Ergebenheit war ihm zuletzt ganz und gar widerwärtig geworden. Er sah jetzt noch die zwei Krokodilstränen über ihr leidendes Gesicht hinabrollen, als er ihr gesagt hatte, daß sie einander nun leider nicht mehr sehen könnten. Die Geschichte war ihm jetzt vollkommen klar. Die Kleine hatte den Arbeitsplatz gewechselt, ihr neuer Chef hatte sich in sie verliebt und sie geheiratet. Aber er, Lampl, ihre erste Liebe, war ihr im Weg gestanden. Sie hatte ihn nicht aus ihrem Gedächtnis streichen können. Mit zwanzigtausend Schilling hatte sie sich losgekauft.

Herr Lampl verstaute das Geld mit nachdenklicher Miene in seiner Brieftasche. Trotz der Erklärung, die er sich nun gab, konnte er sich noch nicht ganz zurechtfinden. Es gab etwas in der Affäre, das ihm unverständlich war. Er wußte nicht was. Lange grübelte er, indes die Telegraphendrähte an seinem Fenster auf- und abstiegen, der Himmel dunkler, sein Kopf immer schwerer wurde. Er kam nicht auf den Fehler in seiner Deutung, auf den schwachen Punkt der Konstruktion: lange nicht. Erst als der Schaffner mit einer Blendlaterne in sein Abteil trat, höflich grüßte und die Beleuchtung einschaltete, wurde ihm mit einem Mal klar, was an den Ereignissen falsch gewesen und nicht zu verstehen war: sein Benehmen.

Ein wildfremder Mann kam in seine Wohnung, behauptete, er, Lampl, stehe in seiner Ehe, und er, Lampl, widersprach nicht, verlangte keine Erklärungen. Der Mann legte ihm nahe, die Stadt zu verlassen, und er ging darauf ein. Der Mann bot ihm einen größeren Geldbetrag als Entschädigung, und er ging blind vertrauend mit ihm. Der Mann löste ihm eine Karte, drückte ihm irgend etwas in die Hand, und er, Lampl, fuhr gehorsam ab; ins Leere. Es war mehr als unverständlich; es war absurd. Er hatte sich benommen wie ein Kretin.

Plötzlich hielt er es im Sitzen nicht mehr aus. Er verließ sein Abteil, schlich durch den Gang und prallte zurück, sobald er eines anderen Reisenden ansichtig wurde. Er kam sich vor wie ein blinder Passagier, obwohl er eine gültige Karte in der Tasche hatte. Schließlich versteckte er sich in einem Winkel, nur um niemandem in die Augen schauen zu müssen und trippelte hin und her wie ein Kind, das die Notdurft packt. Als der Zug endlich kreischend und zischend hielt, stieß er die Tür auf und sprang mit einem einzigen Satz hinaus auf den fremden Bahnsteig.

Zwei Stunden ehe Herrn Lampls überstürztes Abenteuer begonnen hatte, waren in einem kleinen, halbdunklen Kaffeehaus zwei Männer einander gegenübergesessen. Der eine hatte ein schwammiges rotes Gesicht und schütteres Haar. Er rauchte mit merkwürdig hastigen Gebärden eine Zigarre; er sprach unterdrückt und heiser. Der andere rauchte eine teure Zigarette. Er trug schwarzen Hut und hellen Mantel. Sein Gesicht war hölzern, die Stimme barsch.

»Wie konnte sich Freddie erwischen lassen?« fragte er grob.

»Sie haben die Nummern«, sagte der Heisere.

»Welche Nummern?«

»Die Seriennummern auf den Noten.«

Der mit dem schwarzen Hut stieß die Zigarette in den Aschenbecher, daß die Funken wegspritzten.

»Dieses Rindvieh!« knurrte er.

»Wir müssen verduften«, sagte der Heisere und sah sich unauffällig um.

»Wenn wir wegfahren, haben sie uns sofort. Außerdem können wir das Geld nicht verwenden.«

»Vielleicht hat uns Freddie schon verzinkt.«

»Freddie zinkt nicht. Er weiß zu gut, was ihm blüht, wenn er es tut. Streng deinen Hirnkasten an; was machen wir mit dem Geld? Wieviel hast du noch?«

»Zwanzig.«

»Was machen wir damit?«

»Verbrennen.«

Der mit dem schwarzen Hut schüttelte langsam den Kopf. »Ich habe eine Idee«, sagte er mit starrem Blick. »Wir müssen die Scheine jemandem anhängen.«

Der Heisere hob überrascht den Kopf, dann begriff er und strahlte über sein ganzes breites rotes Gesicht.

»Ich weiß einen. Dem hängen wir sie an. Ein vollkommener Idiot. Er heißt Lampl und ist Vertreter.«

»Gib mir die Adresse. Und gib das Geld her.«

Der Heisere griff, nun schon grinsend, in die Tasche und reichte seinem Gegenüber in der geschlossenen Faust ein Kuvert. Der mit dem schwarzen Hut steckte es ein.

»Wenn er den ersten Schein ausgibt, wird er geschnappt«, lächelte er. »Aber wenn er mich verzinkt –«

»Kein Mensch wird ihm glauben, wenn sie die anderen neunzehn Scheine bei ihm finden«, prustete der Heisere. »Das ist ein vollkommener Idiot.«

»Geht in Ordnung«, murmelte der Hölzerne und erhob sich.

Herr Lampl hatte in der fremden Station den Gegenzug abgewartet und war schnurstracks zurückgefahren. Drei Stunden nach seiner unfreiwilligen Abreise hatte er völlig ausgepumpt seine Wohnung wieder betreten.

Das Erwachen am nächsten Morgen war quälend. Noch bevor er die Augen aufschlug, wußte er, daß er eine schwere Sünde begangen hatte. Er vermied es einige Sekunden mit Absicht, die verklebten Lider zu heben. Als er es endlich tat, hätte er sie am liebsten gleich wieder geschlossen. An seinem Fenster stand der Tag, widerwärtig blaßgrau und drohend, in seinen Gliedern stak eine fast schmerzhafte Müdigkeit. Eine Zeitlang blieb er regungslos liegen und prüfte den unangenehmen Geschmack in seinem Mund daraufhin, ob er am Abend vorher getrunken hatte. Nichts dergleichen. Wovon war sein Kopf so schwer? Er griff unlustig nach einer Zigarette, aber ehe er die Schachtel noch ertastet hatte, fiel ihm alles ein. Mit einem Satz war er aus dem Bett, riß die Brieftasche aus dem Rock, öffnete sie und sah entsetzt auf die großen, grünen Scheine, die sich fächerförmig herausblätterten.

Da war das Unglück. Er hielt es in den Händen. Er war im Besitz von zwanzigtausend Schilling, die ihm nicht gehörten. Er verdankte sie einem Betrug.

Es kam nun alles darauf an, dem Fremden auszuweichen. Herr Lampl saß lange in Unterhosen auf dem Rand seines Bettes und grübelte. Hier durfte er nicht wohnen bleiben, das war klar. Er mußte umziehen. Wie bewerkstelligte man das? Ließ man die Möbelpacker kommen? Nein. Man brauchte zuerst eine neue Wohnung. Dazu mußte man auf Ämter gehen. Auf welche? Und die Sache kostete Geld. Wie konnte man einem Beamten überhaupt plausibel machen, daß die alte Wohnung nicht mehr ihren Zweck erfüllte? Herrn Lampl schmerzte der Kopf. Die Sache war in Grund und Boden verfahren.

Nun rauchte er doch eine Zigarette an. Mißmutig blinzelte er in die aufgehende Sonne, deren Strahlen seine Nase kitzelten. Er mußte niesen. Und während dieser Erschütterung hatte er den erlösenden Einfall: Der Fremde war so sicher gewesen, daß er ihn bestimmt nicht mehr suchen würde. Er mußte also nicht umziehen. Er durfte ihm nur niemals auf der Straße begegnen.

Ich werde mir ein System ausarbeiten, dachte er, und dieser Gedanke verlieh ihm freudige Sicherheit. – Ich werde meine Tätigkeit in nächster Zeit in die Vororte verlegen; nicht in die Villenviertel natürlich; in die Arbeiterbezirke. Vor allem darf ich die Innere Stadt nie betreten. Kein Theater, kein vornehmes Restaurant – aber das kommt ja ohnehin nicht in Frage.

Beim Rasieren war er schon so sicher, daß er unversehens lustig zu pfeifen begann. Was mit den zwanzigtausend Schilling zu geschehen hatte, war noch zu überlegen. Aber es war ohne Zweifel leichter, sie auszugeben als sie zu verdienen. Das Genußvollste daran waren jedenfalls die Pläne: die Luftschlösser, die Zukunftsmalereien, das Wolkenkuckucksheim, in dem er sich mit Vorliebe bewegte.

Vorderhand beschloß er ins Geschäft zu gehen, als sei nicht das Geringste geschehen und alles Weitere dem Schicksal zu überlassen. Pünktlich um halb acht, wie jeden Tag, verließ er seine Wohnung.

Es war ebenfalls Punkt halb acht, als der Hölzerne und der Heisere einander in ihrem halbdunklen Café wieder trafen.

»Alles gutgegangen?« fragte der Heisere.

»Das ist wirklich ein Idiot«, murmelte der Hölzerne mit selbstgefälligem Lächeln. »Er hat pariert wie eine kleine Hure. Übrigens habe ich mir die Sache überlegt. Wir werden doch verduften. Der Idiot wird bestimmt sprechen, und die Polente könnte nachforschen. Vorläufig haben wir sie ja auf eine falsche Spur gehetzt. Aber sicher ist sicher.«

»Hast du Geld?« fragte der Heisere, indem er vorsichtig an seinem brühheißen Mokka nippte.

Der schwarze Hut bewegte sich kurz hin und her.

»Also was?«

»Ich habe mir folgendes überlegt: Der Idiot hat doch sicher etwas in der Wohnung, was man versilbern könnte. Die Wohnung ist leer. Du hast doch Werkzeug bei dir, was?«

»Gut.« Der Heisere stieß seine Mokkaschale zurück. »Gehen wir hin.«

Sie begegneten einander auf der Hauptstraße, zehn Minuten von Herrn Lampls Wohnung entfernt. Der Heisere verdrückte sich sofort in der Menschenmenge. Der Hölzerne blieb wie angenagelt stehen.

Herr Lampl erschrak zu Tode. Er blieb ebenfalls stehen. Seine Zunge wußte nicht, welches Wort sie formen sollte. Seine Lippen zitterten. Der grausame Blick unter dem steifen schwarzen Hutrand lähmte ihn wie der Blick der Schlange einen Vogel.

»Sie sind nicht weggefahren?«

Herr Lampl sah starr auf die Hand, die sich in der Tasche des hellen Mantels bewegte. Der Mann konnte ihn doch nicht hier auf offener Straße erschießen! Und er würde nicht noch einmal mitgehen! Nie mehr! Um keinen Preis!

Herr Lampl wühlte in der Innentasche seines Rocks. Die prallgefüllte Brieftasche ließ sich nicht herausziehen. Sie war wie angenäht; es war verhext. Schweiß brach ihm aus. Mit einem wilden Ruck befreite er sie schließlich aus den geheimen Netzen, in die sie verstrickt war.

»Sie sind nicht weggefahren?« wiederholte der Fremde tonlos.

»Da haben Sie Ihr Geld!« schrie Herr Lampl. »Ich brauche es nicht! Ich habe Sie nicht darum gebeten! Ich hasse es! Da haben Sie es!« Er fuchtelte mit den grünen Scheinen durch die Luft. Im Gesicht des Fremden ging eine plötzliche Veränderung vor. Es war nicht mehr hölzern, sondern wie aus Watte, aus minderwertiger, aschgrauer Watte. Herr Lampl erkannte mit einem Schlag, daß der Mann eine niedrige Stirn und eine ordinäre Knollennase hatte. Auf der Stirn bildeten sich winzige, silberhelle Schweißperlen. Nun war es der Fremde, der hypnotisiert war und nicht sprechen konnte. Er starrte gebannt auf das Notenbündel. Herr Lampl bemerkte es mit ungläubigem Erstaunen.

»Aber warum –«, stotterte der Mann, »warum wollen Sie denn das schöne Geld nicht nehmen?«

»Ich brauche es nicht«, frohlockte Herr Lampl und stieß das Bündel dem Fremden in die Hand. Dann drehte er sich um und ging, so daß er nicht sehen konnte, wie die Hand des Fremden sich kraftlos öffnete, wie die großen grünen Scheine gleich welken Herbstblättern auf den Boden niederflatterten und sich über einem schmutzigen Kanalgitter raschelnd ausbreiteten. Er sah den Mann auch nicht mehr in großen Sprüngen davonlaufen, denn er hatte sich selbst schon schnellen Schrittes entfernt, um den Zeugen seiner Schmach so rasch wie möglich für immer aus den Augen zu verlieren. – Kurios! dachte er im eiligen Schreiten. Wenn man ihr Geld nicht nimmt, sind sie geradezu wehrlos. Er kann mir nichts mehr anhaben!

Nach einigen Minuten, als er schon wieder ganz ruhig und betont festen Ganges die große Straßenbrücke überquerte, kam ihm in den Sinn: – sollte es zutreffen, daß wir selbst unser Schicksal sind? Die Brust weitete sich ihm, als er dies dachte, und ein ungeahntes Glücksgefühl durchströmte seinen seltsam erneuten Körper.

Schatten vor meiner Tür

Leute umschleichen mein Haus, fremde Leute. Was soll ich tun, wenn sie an meiner Tür läuten? Soll ich lächeln, soll ich sie hinauswerfen?

Kommen Bekannte zu mir, dann glaube ich zu wissen, wie ich mich zu verhalten habe. Ich strecke meine Hand aus und ziehe sie herein. Oder ich verbeuge mich; ich erwidere ihren Gruß, wir sind einig. Wer aber will in einem fremden Gesicht lesen, ob sein Träger der Geheimpolizei angehört oder einer Equipe von Bürstenverkäufern? Ich muß mir die Erscheinung ansehen. Ich beschließe, mich erst zu entscheiden, sobald der Mensch vor meiner Tür den Mund aufgemacht hat. Die meisten tun das sofort. Wir machen eine Aktion, sagen sie. Oder sie sagen: Wir sind ohnehin morgen im Haus, und da wollten wir Sie fragen, ob nicht auch Sie –. Was nachher kommt, ändert sich von Fall zu Fall, aber nur unwesentlich: ein Sicherheitsschloß haben wollen, den Tropfenfänger, einen neuzeitlichen Bodenbelag, Seidenmalereien.

Der mit den Seidenmalereien begann so: Wir machen nämlich eine Ausstellung. Mein Haus: das war freilich zuviel gesagt. Eine Mietwohnung ist es, die ich bewohne, nicht besitze; binnen vierzehn Tagen setzt man mich hinaus, sobald ich einmal die Miete nicht bezahlen kann. Ich bin hier nur vorübergehend, und ich weiß es. Die anderen aber, die von draußen kommen, sehen in mir den Besitzer, den Verteidiger einer Festung, die es zu erobern gilt. Zumindest einen Teil davon: ein Fleckchen Tür mit Hilfe eines Sicherheitsschlosses, das keine Sicherheit gewährt. Die Mündung der Wasserleitung durch einen Tropfenfänger aus Kunststoff. Ein Stück meiner teuren Wand durch einen buntbemalten Lappen.

»Eine Ausstellung«, sagte der mit den Seidenmalereien.

Ein verkannter Künstler, dachte ich mir. Solche Leute haben ein natürliches Übergewicht. Sie sind böse auf die Welt, man hat sie benachteiligt, wir alle sind ihnen etwas schuldig. Solchen Leuten muß man mit Freundlichkeit begegnen. Die Feindschaft der Welt ist ihnen selbstverständlich. Freundlichkeit erschüttert sie.

Ich bin allein in meiner Festung, ich habe zu tun, will aber nichts tun, also bitte ich den verkannten Künstler einzutreten.

Er folgt mir mit feierlichen Schritten, er tritt behutsam auf, wie es einem mittellosen Eroberer geziemt, unter dem Arm trägt er eine überdimensionierte Mappe, die er vorsichtig auf meinem Tisch deponiert.

Ich weiß nicht mehr, was er mir alles erzählt hat, während er mit den geübten Bewegungen eines Zeremonienmeisters seine Mappe öffnete und die äußerste Oberfläche seiner Schätze enthüllte.

Ich bin einer der zahlreichen Ignoranten, die unsere Welt bevölkern, und ich muß gestehen, ich hatte Seidenmalerei bisher für etwas Fernöstliches gehalten. Ich war neugierig.

Meine Neugier war allerdings sofort befriedigt, als ich das erste Produkt einer Kunstart, von der ich gewähnt hatte, sie sei mir ziemlich fremd, erblickt hatte: Kühe auf der Alm, mit einem sauber entrindeten Zaun. Das zweite war, glaube ich, ein Wasserfall.

»Nein«, sagte ich, »das gefällt mir nicht.«

Der junge Mann blätterte weiter, nicht ungerührt von meiner Ablehnung, aber durchdrungen von der Gewißheit, daß er das Richtige für mich wohl noch hervorzaubern werde. Unterdessen läutete es.

Ich beurlaubte mich von meinem Besucher (noch war es mein Besucher, wenngleich nachgerade ein unliebsamer) und ging zur Tür. Draußen stand ein zweiter junger Mann, robuster als der erste, ebenfalls mit einer großen Mappe versehen.

»Wir machen nämlich eine Ausstellung«, sagte er.

»Ich fürchte«, gab ich ihm zur Antwort, »Ihr Kollege ist schon hier.«

Sogleich eräugte der neue Besucher durch zwei offengebliebene Türen seinen behutsameren Genossen.

»Warst du schon im ersten Stock?« schrie er ihm zu, scharf an meinem zur Seite gebogenen Hals vorbei.

»Im ganzen Haus!« schrie der, der eben so feierlich durch mein Vorzimmer geschritten war.

»Dann geh ich auf Nummer sechzehn!« schrie der Robuste.

»In Ordnung! Wir treffen uns auf achtzehn!«

Indem ich vor dem gnädig nickenden zweiten Seidenmalereiverschleißer die Tür schloß, wurde mir klar, daß ich zum Opfer auserkoren war, und ich beschloß, mich nicht nur meiner Haut zu wehren (was ich leider immer wieder beschließen muß), sondern außerdem, dieser Handlung einen gewissen Schwung zu geben.

Ich ließ den jungen Mann, der sich nebenbei als elternloser Student zu erkennen gab, seine ganze Mappe auspacken und unterzog mich der Mühe, ihm Mal für Mal auseinanderzusetzen, aus welchen Gründen mir seine Ware mißfiel. Er hatte Geduld mit mir, viel Geduld. Als ich zum dreißigsten oder vierzigsten Mal abgelehnt hatte, begann er mir zu erklären, daß ich keineswegs auf einmal zu bezahlen hätte, sondern in vierundzwanzig bequemen Monatsraten, worauf ich tat, als spiele mir Geld keine Rolle; nur gefielen mir einfach seine Bilder nicht.

Da entschloß er sich zu seinem wirksamsten Coup. Er zog ganz unten aus dem Stoß ein Bild hervor, mit einer geschwinden und doch noch magischen Bewegung, und hielt es mir triumphierend hin. Es war das Meisterwerk eines Dilettanten, ein Kohlenkopf, hohläugig und bedrohlich.

»Das gefällt mir auch nicht«, sagte ich, und darauf packte er ein. Es war mir nicht angenehm zu sehen, wie seine vorher so zuversichtlich gereckten Schultern mit einem Schlag nach vorn fielen. Ich bot ihm eine Zigarette an, die er höflich dankend nahm.

Er war nicht mein einziger elternloser Student. Alle Tage läuten sie, wollen meinen Hausrat versichern, meine Gesundheit und mein Leben, wollen mir Heftchen verkaufen und Maschinen, die den lästigen Haushalt zum heiteren Spiel machen, und Bücher, Allbücher und Nichtsbücher, graue Theorien und bunt lackierte Überzeugungen, und wie viele waren nicht da, die liebend gern ihre Überzeugung verkauft hätten, und alles gegen bequeme Teilzahlungen. Ich öffne ihnen die Tür, ich höre mir ihre Sprüche an, und dann sage ich ihnen schlicht und wahr: Ich habe kein Geld.

Sie lächeln ungläubig, meist auch herablassend, sie versichern, sie wollten mir nichts verkaufen, ich müßte erst später zahlen, viel später, und wenn ich dann sage: Ich kaufe nichts, dann werden ihre liebeheischenden Gesichter öd und hart, und sie wenden sich von mir ab als von einem abscheulichen Relikt, als von einem aus undurchschaubaren Gründen in die moderne Konsumgesellschaft verschlagenen Fremdkörper.

Dabei bin ich nicht geizig. Ich kaufe viel, oft wahllos. Manche nennen mich einen Verschwender. Immer aber muß ich es sein, der den Entschluß faßt, sein Geld unter die Leute zu verteilen, ich will mich dazu nicht drängen lassen. Meinetwegen hätte man die ganze heutige Werbewissenschaft nicht entwickeln müssen. Meinetwegen können sie erzählen, was sie wollen, können Jahre an Fernsehzeit kaufen, klingende Schlagworte austüfteln und leprakranke Waisen ausschwärmen lassen. Ich kaufe, sobald ich Lust dazu habe. Die Ware, die man mir unter die Nase hält, stinkt. Sobald man mich anschreit, werde ich taub. Zu naher Glanz macht mich blind. Sagt mir einer: Du mußt!, so brauche ich keine Sekunde, um zu antworten: Ich will nicht. Auf die Dauer aber entrinnt ihnen keiner, diesen Elternlosen. Zwanzig schicke ich weg, der einundzwanzigste legt mich herein. Was wäre die Gesellschaft auch für eine ohnmächtige Menschenansammlung, hätte sie nicht Mittel, mit mir fertig zu werden? Sage ich: Ich will nicht, so kann man mir Geld wegnehmen oder Geld geben, man kann mich einsperren oder an der Luft verhungern lassen, man kann mir das Maul stopfen, man kann mich zum Reklameassistenten machen, und das sind erst die harmloseren Methoden.

Es ist ja schließlich auch keine Art, einem fleißigen jungen

Menschen, der sich eigens zu mir bemüht, um mir mitzuteilen, er finanziere sein Studium ganz allein, anders ausgedrückt: mit meiner Hilfe – es ist keine Art, einem solchen Menschen rüde zu begegnen. Warum in drei Teufels Namen nehme ich nicht den Tropfenfänger? Will ich die Tropfen vielleicht mit dem Mund auffangen? Was habe ich gegen die Erlernung der portugiesischen Sprache mittels Fernkurs? Portugiesisch spricht man in ganz Brasilien, wer weiß, wie bald ich es brauche? Habe ich ein vernünftiges Argument gegen Kunststoff? Und überhaupt: Wo wäre ich ohne die Industrie, die sich mir hier in Gestalt eines elternlosen Studenten naht, in einer Sphäre also, die einer gewissen Intimität nicht enträt, wo wäre ich ohne diese meine Industrie? In der Steinzeit.

Ja, sie haben mich hereingelegt, auf die einfachste Art von der Welt. Sie beschränkten sich darauf, Zeit vergehen zu lassen, viel Zeit. Im Leben einer Schildkröte sind zehn Jahre nichts. In meinem Leben bedeuteten die letzten zehn Jahre viel. Ich wurde müde. Ich vergaß, meine Tür zu schließen. Sie kamen auch durch den Schlitz in der Tür, der zum Briefeinwurf bestimmt ist. Durch den Telephondraht.

Meine Festung war keine Festung mehr. Mein Panzer ließ sich in nichts dem einer Schildkröte vergleichen. Ungeschützt kroch ich durch die Gegend. Mein Panzer war nur aus Blech. Der erste Baum, der mir in den Weg kam, zerdrückte ihn. Dabei hatte für den Baum niemand Reklame gemacht, und kein Vertreter hatte ihn mir als blechknackenden Faktor angepriesen. Nur für das Blech hatten sie Reklame gemacht, in allen Zeitungen des Kontinents. Ein einziger Baum hatte sich gegen diesen Riesenaufwand durchgesetzt, ein ganz ordinärer Apfelbaum, der weder blühte noch Früchte trug, sondern kahl war wie ein mißmutiger Greis.

Nun kommen sie nicht mehr zu mir. Nun pilgere ich zu ihnen. Ich stehe in einem Saal, in dem Türen stehen und Schreibmaschinen klappern. Ein Mädchen, zur Liebe wie geschaffen, dreht sich unwillig aus ihrem Sessel, kommt auf mich zu und betrachtet mich, wie man eine Ware betrachtet.

»Bei Ihnen«, sage ich, »bin ich nicht durch Zufall versichert. Vor vielen Jahren kam einmal ein armer junger Mann zu mir, ein elternloser Student. Sie verstehen, ich hätte mich genausogut anderswo versichern lassen können.«

Das Mädchen, wohlgebaut, mit einem Drehsessel versehen und mit einer Schreibmaschine, betrachtet mich noch immer voll Ekel.

»Da sind Paragraphen zu beachten«, sagte sie. »Kommen Sie mit zu Herrn Brecher.«

Ich gehe hinter ihr durch Korridore mit gefährlich glattem Boden, auf dem sie sich bewegt wie eine Eiskunstläuferin. Sie hat es nicht nötig, mir zu zeigen, mit welcher Kunstfertigkeit sie gehen kann, und doch tut sie es, wahrscheinlich aus Gewohnheit. Dann überliefert sie mich Herrn Brecher. Herr Brecher thront hinter seinem Schreibtisch, liest, raucht, deutet gedankenlos auf einen Armsünderstuhl, auf dem ich mich vorsichtig niederlasse, um den Gewaltigen andächtig zu betrachten. Ich traue meinen Augen nicht. Ich muß mir vorstellen, die Glatze sei mit lockigem Haar bedeckt, muß den strengen Zug um den Mund in ein entwaffnendes Lächeln umdenken, den verhängten Blick in ein treuherziges Strahlen. Er ist es! Eben dieser Herr Brecher hat vor vielen Jahren an meiner Tür geläutet und mir geschworen, er wolle mir nichts verkaufen. Nur eins begehrte er von mir: Wenn ich mir je ein Auto kaufte, dann dürfte ich es nur durch ihn versichern lassen, nur durch ihn. Ich dachte nicht daran, mir ein Auto zu kaufen, aber ich nahm seine Karte entgegen und versprach ihm, seinen Wunsch zu erfüllen. Und ich habe ihn erfüllt!

Ich warte auf den Augenblick, da Herr Brecher seine Lider heben und mich erkennen wird. Alles wird gut sein! Ich werde den zerbrochenen Apfelbaum bezahlen können, das verwüstete Grundstück, ich werde aus dem Schrotthaufen, der von meinem Wagen geblieben ist, wieder ein Fahrzeug machen lassen können, ein wohlfunktionierendes, schnurrendes, glänzendes Fahrzeug.

Der Augenblick kommt. Herr Brecher erkennt mich nicht.

Ich rufe ihm unsere erste Begegnung ins Gedächtnis, ich erzähle ihm alles, ich lege mein Schicksal vertrauensvoll in seine Hände. Er aber schüttelt müde den Kopf. »Es ist durchaus möglich«, sagt er, »daß ich Sie akquiriert habe, denn zu jener Zeit war ich tatsächlich Akquisiteur. Heute aber bin ich Leiter der Schadensabteilung, und als solcher habe ich Verantwortung zu tragen. Ich habe Tausende akquiriert, und die Prämien gehen in die Millionen. Ich habe dafür zu sorgen, daß die Schadenssummen sich in vertretbarer Höhe halten, und dabei sind Paragraphen zu beachten.«

Ich murmle Entschuldigungen. Sie geben mir kein Geld, statt dessen kommen Briefe. Sie fallen wie Schnee durch den Türschlitz und schwellen im Vorzimmer zu weißen Wehen an. Schon kann ich die Tür kaum mehr öffnen. Mahnungen liegen da, Aufforderungen, Zahlungsbefehle, Drohungen. »So werden Sie zwangsweise vorgeführt«, lese ich. Dann stehe ich im Gerichtssaal.

Es ist nicht so arg, wie ich gefürchtet habe. Mein Anwalt nickt mir aufmunternd zu. Der Vorsitzende, über die Vaterlosigkeit längst hinausgewachsen, selbst Vater und Großvater, Haupt einer zukunftsfrohen Sippe, wiegt seinen Kopf und lächelt, läßt seine schwere Hand gedehnte Spiralen beschreiben, spricht zu mir wie zu einem Gutbekannten, über dessen Handlungsweise er ein bißchen verwundert, ja, bekümmert ist, den er aber wohl mit einer milden Ermahnung wird nach Hause schicken können. Dann werden keine Briefe mehr durch den Türschlitz fallen, dann wird alles vorüber sein.

Da erhebt sich einer, den ich bisher nicht einmal gesehen habe, einer im roten Talar, der Staatsanwalt. Er zeigt mit dem Finger auf mich. Ich erstarre. Der traurige junge Mann mit den Tropfenfängern! Dreimal war er bei mir, dreimal habe ich die Tür vor ihm zugeschlagen. Warum hat er mir nicht gesagt, daß er die Rechte studiert und die Laufbahn eines Staatsanwalts einzuschlagen gedenkt? Warum, warum nur habe ich ihm keine Tropfenfänger abgekauft?

Er erzählt meine Lebensgeschichte. Alles ist aktenkundig.

Ich bin ein Scheusal, ein asoziales Element, hartherzig, unverbesserlich, unwürdig, als Glied der Gesellschaft weiterzuleben. Ich kann das nicht länger anhören, ich will protestieren, er aber wendet seinen rächenden Blick nicht von mir, sein ausgestreckter Zeigefinger schwillt an, kommt mir näher, alles dreht sich vor mir, ich falle. Dieser Sturz muß ein Ende nehmen, es kann noch nicht alles aus sein, wer fängt mich auf, wer stützt mich?

Ich höre Frauenstimmen, zart wie Vogelstimmen, ich spüre Hände vorsichtig nach meinem Kragen tasten, weiße Mäntel umwehen mich, ich rolle, lang ausgestreckt, auf Gummirädern dahin. Ich liege da, ich kann die Augen kaum öffnen, ich bin müde, aber ich bin gerettet. Meine Mitmenschen sind nicht so feindselig, wie ich gefürchtet habe: sie lassen mich nicht fallen, sie kümmern sich auch um den Gestrauchelten. Ich höre Dampf zischen, ich höre sie mit Instrumenten klimpern; der Arzt kommt.

Ich bin zu schwach, um mich zu erheben. Ich sehe in sein Gesicht und fühle, wie das Leben aus mir entweicht. Es ist das Gesicht eines Mörders, unerbittlich, voll grausamer Freude. Habe ich Ihnen nicht eine Zigarette gegeben? will ich sagen, aber ich bringe keinen Ton heraus. Hätten Sie mir nicht den Kohlenkopf gezeigt, sondern etwas Besseres, ich schwöre Ihnen, ich hätte Ihnen etwas abgekauft! Umsonst, die Stimme versagt mir. Er hält eine Injektionsspritze in der Hand, und ich weiß, diese Spritze ist nicht mit einer belebenden Flüssigkeit gefüllt! Wenn diese lange, gebogene Nadel sich einmal in meine Vene gebohrt hat, dann ist alles zu Ende. Ich will schreien, ich will meinen Arm in Sicherheit bringen, aber zwei weißgekleidete Frauen haben ihn schon ausgestreckt und halten ihn fest. Das sind keine barmherzigen Schwestern, das sind Erzengel, und die Nadel flammt!

»Ich kaufe alle Seidenmalereien der Welt!« schrie ich, »ich kaufe alles, was Ihr mir bringt, keinen mehr will ich wegschicken, ohne mit meiner Unterschrift einen Pakt zu besiegeln!« Der Arzt aber, der einst ein junger Mann mit dem Gehaben eines verkannten Künstlers gewesen ist, schüttelt nur den Kopf. Er beugt sich über mich, die glänzende, lange, gebogene Nadel nähert sich meiner Haut.

Ich sitze in meinem Bett. Ich höre mich noch immer schreien. Mein Zimmer ist taghell. Und draußen läutet es.

Ich greife an meinen wirren Schädel, wälze mich aus dem Bett, fische nach meinem Schlafrock und tappe zur Tür. Draußen steht ein junger Mann. »Ich will Ihnen nichts verkaufen«, sagt er. Zehn Minuten später habe ich ihm einen Staubsauger abgekauft, einen elektrischen Rasierapparat, ein praktisches Rührwerk und einen Kühlschrank. Am Nachmittag war einer mit Zeitschriften da. Ich habe sie alle abonniert, keine ließ ich mir entgehen. Der junge Mann hat sich über meinen Eifer selbst gewundert. Möglicherweise hat er Kollegen auf mich aufmerksam gemacht, denn am nächsten Tag waren schon drei da. Ich kaufte auch Ziergegenstände, Vasen, mit Muscheln beklebt, eine Spieluhr, ich kaufte billige Stoffe und Qualitätsware, Einrichtungsgegenstände aus Preßstoff und Glasersatz, Teppiche, Wandschoner, Kunstblumen und ausgestopfte Vögel, und alles auf Raten. An jedem Monatsersten trug ich mein Geld auf die Post. Bald machte ich Schulden. Dann kamen Mahnungen, und dann kam der Tag, an dem ich die Miete für das Behältnis meiner aufgestapelten Schätze nicht mehr pünktlich entrichten konnte. Man drohte mir mit Kündigung.

Um dem Ärgsten zu entgehen, trug ich den ausgestopften Lämmergeier, dessen Anblick mich ohnehin die längste Zeit geängstigt hatte, in die Pfandleihanstalt. Scharen von Buben liefen mir nach; ich ignorierte ihre lustvollen Schreie, ich keuchte und schwitzte, und alles umsonst. Denn in der Pfandleihanstalt zeigte man kein Interesse für meinen Lämmergeier, und so trug ich ihn wieder heim. Mein nächstes Tagewerk war, den Kühlschrank in die Pfandleihanstalt zu schieben, und diesmal lohnte sich die Mühe. Obgleich das gute Stück an der Unterseite stark verschmutzt war, gab man mir Geld genug, daß ich die Miete bezahlen konnte; es blieb mir sogar

Name: ....

....

Adresse: ....

....

E-Mail ....

Besuchen Sie unsere Homepage
http//www.picus.at

Postkarte

An den
Picus Verlag

Postfach 64
A- 1082 Wien

noch eine kleine Reserve, mit deren Hilfe ich weitere Anzahlungen bestreiten konnte. In diesem Monat kaufte ich nur mehr das Nötigste: eine Schwimmweste, einen Smoking und ein Dreirad. Langsam wurde meine Wohnung etwas leerer, und in der Pfandleihanstalt wurde mein Erscheinen zum gewohnten und mit einer gewissen Behaglichkeit quittierten Anblick. Irgendeinmal aber ging es so nicht weiter. Ich konnte die Milchrechnung plötzlich nicht bezahlen. Da faßte ich einen naheliegenden Entschluß.

Ich packte die Spieluhr, die Schwimmweste und den Smoking in einen ebenfalls auf Raten erstandenen Seesack und machte mich auf den Weg. In einer Gegend, in der ich hoffen durfte, unbekannt zu sein, läutete ich an den Türen, gab mich als elternloser Student aus und bot meine Ware an. Fast alle Leute warfen mich hinaus, nur eine träge junge Frau mit glasigem Blick kaufte mir die Spieluhr ab und machte sich sogar die Mühe, mich zum Tee einzuladen. Dabei muß mich die Konkurrenz beobachtet und angezeigt haben, denn kaum war ich so müde wie unglücklich heimgekehrt (trotz zahlreicher Versuche hatte ich für den Lämmergeier keinen Interessenten gefunden), läutete es, und draußen standen zwei mit ins Auge stechender Unauffälligkeit gekleidete Herren. Sie blieben nicht lange zwei reglose Schatten; sie entlockten mir durch einfache Tricks die höfliche Einladung einzutreten, sie fragten mich aus, stellten befriedigt fest, daß ich zwar seit Jahren elternlos, jedoch keineswegs mehr ein Student sei, bezichtigten mich des versuchten und vollendeten Betrugs und entführten mich zuletzt aus meiner Wohnung.

Nun habe ich ein Zimmer ganz für mich allein. Es ist zwar klein und ziemlich kahl, aber ich weiß: Niemand wird an meiner Tür läuten. Ich könnte nicht einmal aufmachen, selbst wenn ich wollte, und ich empfinde dies als Erleichterung; wahrscheinlich ist sie auf den Umstand zurückzuführen, daß ich zum erstenmal in meinem Dasein mit meinen Mitmenschen vollständig ausgesöhnt bin. Lange genug haben sie mir vergeblich ihre Sendboten ins Haus geschickt. Dann habe ich ihnen nachgegeben. Möglicherweise habe ich dabei einen Fehler begangen, über den ich mir nicht im klaren bin, auf den wir aber noch zu sprechen kommen werden. Ich habe gegen meine Mitmenschen nie etwas gehabt. Ich denke nicht daran, mich aufzulehnen. Ich bin zufrieden. Ich habe meine Ruhe. Mögen nun auch sie ihren Willen haben.